CW00458396

Otto Pick

Die Probe

Otto Pick: Die Probe

Erstdruck: Heidelberg, Saturn (Hermann Meister), 1913

Neuausgabe
Herausgegeben von Karl-Maria Guth
Berlin 2018

Umschlaggestaltung von Thomas Schultz-Overhage unter Verwendung des Bildes: Paul Cézanne, Junger Mann mit Totenkopf, um 1898

Gesetzt aus der Minion Pro, 12 pt

Die Sammlung Hofenberg erscheint im
Verlag der Contumax GmbH & Co. KG, Berlin
Herstellung: BoD – Books on Demand, Norderstedt

ISBN 978-3-7437-2853-0

Bibliografische Information der Deutschen Nationalbibliothek

Die Deutsche Nationalbibliothek verzeichnet diese Publikation in der Deutschen Nationalbibliografie; detaillierte bibliografische Daten sind im Internet über www.dnb.de abrufbar.

Inhalt

Die Probe

Die Mutter trat in das beschattete Zimmer und rief: »Bobbi!« Der kleine Robert saß behaglich auf dem Fensterbrett, mit dem Rücken an dem warmen Glas des einen Flügels, während die kurzen Beine gereckt die Fensterbreite auszufüllen strebten. Er löffelte wacker die lockere Eierspeise aus dem Teller auf seinem Schoße, so dass er den Ruf überhörte. Lächelnd begab sich die Mutter in die Küche zurück. Sie war beruhigt. Die Wohnung befand sich zwar im ersten Stock, aber Bobbi war so brav, man durfte ihn ohne Sorge seine Mahlzeit in der frischen Luft verzehren lassen … Während er den Löffel zum Munde führte, blickte er hinaus. In dem Neubau gegenüber kletterten die Jungen aus »seiner Gasse« herum. Einige hatten sich unter dem Fenster zum Kugelspiel zusammengefunden. Robert sah ihnen mit Interesse zu, ohne das Spiel zu verstehn. Nur noch mechanisch aß er langsam weiter.

Die Kinder hatten einen roten Ziegel schief über einen Pflasterstein gelegt und ließen aus den gespreizten Fingern der an den Ziegelrand gelegten Hand die bunten Marmelkugeln in kleine Gruben rollen.

Robert fühlte Lust mitzuspielen. Besonders verlockend erschien ihm eine größere Kugel aus buntgeädertem Glas, die nie ihr Ziel verfehlte. Er verfolgte das Spiel in wachsender Erregung, den Teller mit der linken Hand dicht an sich gepresst, während die Rechte mit dem gelb überkrusteten Löffel die Bahn der glänzenden Kugel in der Luft nachahmend beschrieb. Auf einmal sprang ein Junge, der gierig diese Kugel betrachtet hatte, vor den Ziegelstein, fegte die Kugel aus ihrer Bahn, ergriff sie und lief rasch davon.

Erschrocken, mit aufgerissenen Augen sah Robert dieser Missetat zu, anfangs ohne ein richtiges Verständnis ihrer Bedeutung. Als aber die Jungen auseinanderstoben und schreiend dem Dieb nacheilten, fiel Robert in ihre Rufe: »Die Kugel! Die Kugel her!« ein und seine Beinchen strampelten erregt.

Plötzlich hörte die Mutter einen gellenden Schrei, und als sie in das Zimmer stürzte, sah sie die Fensteröffnung leer. Entsetzt beugte sie sich hinaus und traute ihren Augen nicht: Das Kind saß in der gleichen Stellung wie vorher auf der Erde und streckte noch immer die Arme nach dem schlimmen Buben aus. Der Teller lehnte umgekippt an dem Ziegelstein. Die Mutter eilte hinunter auf die Gasse. Mit stürmischer Freude umschlang sie ihr Kind, ihre Lippen betasteten mit heißen Küssen seine Wangen und pressten sich auf seine Haare. Immer wieder hielt sie den Knaben von sich, um ihn recht betrachten zu können, so wie man Neugeborene zwischen gestreckten Armen hochhebt.

Als der vorsorglich bald herbeigerufene Arzt an dem Knaben weder innere noch äußere Verletzungen zu erkennen vermochte, stand es fest: Robert hatte in höchst wunderbarer Weise nach dem gefährlichen Sturze nicht bloß wohlbehalten, sondern auch in unveränderter Lage den Erdboden erreicht. Die Kunde hiervon verbreitete sich bald in der Nachbarschaft und der stille Knabe, der überdies an einem Sonntag geboren war, gewann den Ruf eines Glückskindes, das Gott lieb hat. Die alte Bedienerin seiner Eltern aber setzte in der Lotterie auf die Zahlen, die das Datum jenes Tages, die Stunde des Wunderfalls und Roberts Alter bezeichneten.

Der Knabe war damals fünf Jahre alt. –

Robert wuchs auf, nicht anders als die übrigen Kinder, die mit ihm als mit ihresgleichen rauften und ihn, da er bei mittelmäßiger Gewandtheit kein Spielverderber war, an ihren lustigen Zeitvertreiben teilnehmen ließen. Die Behandlung, die er von seiner erwachsenen Umgebung erfuhr, war indes behutsam; man rechnete auf eine beispiellos glückliche Entwicklung des Knaben mit gläubiger Zuversicht. Da jedoch nicht alle Menschen, mit denen Robert in Berührung kam, jenes merkwürdige Geschehnis kannten, so hielt ihr von der üblichen Art nicht abweichendes Verhalten dem Kinde gegenüber der Verhätschelung durch seine Verwandten ziemlich das Gleichgewicht.

Einmal in den Schulferien ging Robert mit einem Kameraden in die innere Stadt, um die Schaufenster der Briefmarkenhändler zu mustern und gelegentlich in einem Delikatessengeschäft Reklamebildchen zu erbitten. Eben hatten sie in einem niedrigen Laden, der in einem Durchhaus sich befand, ein Päckchen Missionsbriefmarken für ihr wöchentliches Taschengeld erworben und traten auf einen sonnigen Platz mit Parkanlagen hinaus, als Robert heftig zusammenzuckend ein zischend flatterndes Geräusch, wie von einem nassen Hader, über sich hörte. Er riss den Gefährten zurück und im selben Moment fiel mit dumpfem Krach ein heller Körper auf das Pflaster. Sie schlossen die Augen. Dann weckte sie der entsetzte Aufschrei eines Passanten aus ihrer Betäubung. Von allen Seiten strömten Leute herbei. Man rief nach einem Arzt. Robert war unwillkürlich vorgestürzt und sah nun mit aufgerissenen Augen durch die wechselnden Zwischenräume, die sich ihm hinter den Drängenden boten: eine Blutlache, in der ein Hosenträgerzipfel schwamm, dann eine aufgeschlitzte dunkle Hose und auf einmal – wie von fahlem Blitz erhellt – ein kreideweißes Gesicht unter zerrauftem Haar. Bald erfuhr er alles. Der Verwundete – oder Tote – war ein Schusterlehrling, der sich aus dem Fenster gestürzt hatte. Robert fühlte eine würgende Angst, er wollte fliehen. Sein Gefährte war verschwunden. Als Robert sich durch die Kette der Neugierigen durchschlängelte, schimmerte ein Bein des Selbstmörders durch eine plötzlich entstandene Lücke dem Knaben entgegen und er sah eine blutende Wunde über dem nackten Knöchel klaffen.

Robert stürmte nach Hause durch die warmen Straßen, an ruhigen Menschen vorüber. In seinen Träumen sah er noch nach Wochen die rote Wunde in dem weißen Fleisch brennen. Das aufregende, schwächende Traumgesicht verblasste mit der Zeit, und eines Tages, als Robert in die Nähe jenes Platzes kam, sah er den vermeintlichen Selbstmörder – er erkannte ihn sogleich – mit nachschleppendem rechten Fuße, aber frischer Miene durch den Park schleichen.

Als er diese Begegnung freudig seiner Mutter erzählte, empfand sie eine winzige, kalte Enttäuschung, die sie sogleich unwillig als hässlich verwarf. Sie hatte dem Knaben den wundervollen Zufall seiner Kindheit bereits mit Stolz berichtet und nun tat es ihr beinahe weh, dass Robert ruhig sagte: »Mutter, dem Schusterbuben ist's fast besser ergangen als mir. Denk doch: Er ist ja aus dem dritten Stockwerk gesprungen.«

Es dauerte nicht lange und Robert hatte dieses Erlebnis vergessen.

Als er die Volksschule verließ, waren seine Eltern unschlüssig, ob sie ihn die Realschule oder das Gymnasium besuchen lassen sollten. Da der Knabe keinen bestimmten Wunsch äußerte und überdies sein Bruder bereits das Gymnasium besuchte, so wurde Robert Realschüler. Der Verkehr mit den Gespielen hörte allmählich auf. Als er in die höheren Klassen der Realschule vorrückte, begannen ihm die exakten Wissenschaften langsam Schwierigkeiten zu bereiten. Nicht dass er ein schlechter Schüler geworden wäre. Aber es kostete ihn einen ansehnlichen Aufwand von Energie, sich mit der Lösung mathematischer Aufgaben zu befassen oder stundenlang über weißes Zeichenpapier gebeugt zu sitzen und ohne Begeisterung geometrische Beispiele zu zeichnen. Auch die Naturwissenschaften ließen ihn kühl. Dagegen erfasste ihn eine dumpfe Sehnsucht nach gewaltigen Forderungen, die man in den sprachwissenschaftlichen Fächern an ihn stellen müsste. Denn auf diesem Gebiete bewegte er sich mit schlafwandlerischer Sicherheit. Da seine Intelligenz sich mit den unsympathischen Gegenständen ohne Gefahr für die Fortsetzung seiner Studien zwar lustlos, aber zur Genüge abfand und der Lehrplan ihn auf seinem Lieblingsgebiete nie vor komplizierte Probleme stellte, so häufte sich in seinem Innern ein reiches Lager unverwerteter geistiger Spannkraft.

Als er die Realschule absolviert hatte, empfand er weder eine strahlende Freude über den zurückgelegten Weg, noch den Begeisterungsrausch seiner Mitschüler, die den Pfad ins freie wirkliche Leben in zauberischer Schönheit vor sich zu sehen glaubten. Ruhig sprach er seinen Entschluss aus, nicht die Hochschule zu besuchen, sondern irgendeinen praktischen Beruf zu wählen. Seine Mutter verzichtete auf die Hoffnungen, die sie in seine Zukunft als Ingenieur gesetzt hatte, und tröstete sich schließlich mit dem Gedanken, dass ihr Kind auf jeden Fall Großes erreichen müsse. Als Robert bald darauf in der Korrespondenzabteilung eines Exportgeschäfts arbeitete, begann die alternde Frau ihren Träumen eine neue Richtung zu weisen. Sie hoffte es noch zu erleben, dass ihr Sohn ein gewaltiger Handelsherr würde. Das Wie seiner weiteren Entwicklung war ihr zwar unklar, aber sie hatte sich seit dem wunderbaren Ereignis in Roberts früheren Jahren in den Glauben an ihres Kindes gottgeschützte Laufbahn innig versponnen.

Robert wurde ein einwandfreier Korrespondent und erlebte die nächsten Jahre in einfacher Ruhe, ohne sich Wallungen von Ehrgeiz und zielbewusstem Streben hinzugeben. Wohl hatte ihm die Mutter durch die wiederholte Erzählung des Wunders seiner Kindheit das Bewusstsein seiner dem Schicksal wohlgefälligen Fähigkeiten einzuschärfen versucht. Robert hatte gelächelt und, als er die Mutter sich kränken sah, mit gespielter Hoffnungsfreude zugehört.

Als er sein geregeltes Leben beinahe schon als zwecklos zu empfinden begann und mechanisch an den Vergnügungen und nächtlichen Streifzügen seiner Berufsgenossen teilnahm, um sich zu beweisen, dass ihn doch nichts Wesentliches von ihnen unterschied, kam auf einmal Geschäftigkeit in seine Lebensweise. Er hatte an einem lieben Mädchen Gefallen gefunden. Nach einigen Monaten reizvollen Werbens ward ihm das Glück ihrer aufrichtigen Neigung zuteil.

Mit Hedwig erlebte er einen Frühling, der ihn vollkommen seinem ereignisarmen Dahindämmern entriss. Die Geschehnisse des Alltags begannen ihn zu ergreifen; er lernte die Menschen mit klaren Blicken betrachten; seine Berufsarbeit verrichtete er mit Eifer und in dem belebenden Bewusstsein einer wachsenden Begeisterung, die den freien Stunden in Hedwigs Gesellschaft galt.

Die Wärme ihres täglichen Verkehrs steigerte sich, so dass schließlich nur mehr das bange Verlangen nach der letzten Vereinigung Roberts Blut beunruhigte. Hedwig ahnte kaum die Verwirrung, die sich seiner allmählich bemächtigte. Sein ehrliches Wesen erschauerte vor dem Gedanken an die Notwendigkeit der plötzlichen Lösung dieses Verhältnisses, das ihn erhitzte und in einen Wirbel von Glück und Wehmut riss.

Es wurde Sommer. Die beiden jungen Menschen wurden nicht müde, im Sonnenbrand über staubige Landstraßen ins Freie zu wandern, vor die Stadt hinaus, bis sie im Schatten entlegener Waldungen sich dem Glück ungestörten Beisammenseins aufatmend überlassen konnten. Hier war es, wo die Gewalt seiner überhitzten Sinne Robert gleichsam unbewusst die schwerste Forderung an Hedwig stellen ließ.

Nach tändelnden Liebkosungen und heftigen Küssen, die ihre Gesichter glühend zueinandergetrieben hatten, lagen die Verliebten mit unter dem Rücken verschränkten Armen auf dem knisternden Waldboden und schauten in unruhigem Schweigen zum Himmel empor. Und während Hedwig mechanisch mit der rechten Hand ihr Haar von Blattstengeln und trockenem Laub befreite, sah Robert plötzlich in furchtbarer Klarheit den Abgrund vor sich, über dessen Rand ihre Liebe hinabzugleiten drohte. In wachsender Verwirrung erwog er die Unmöglichkeit, so weiterzuleben. Da er an eine eheliche Verbindung mit der Geliebten, die von einfacher Abkunft war und einem Berufe nachging, mit Rücksicht auf den Widerstand seiner Mutter nicht denken durfte, befand er sich erregt vor der Wahl zwischen der schmerzhaften Lösung ihres Verhältnisses oder –

Mit verzweifelter Glut umschlang er das Mädchen, drückte seine Küsse schmerzhaft und fremd in ihr Gesicht, auf die Wangen, in die Mundwinkel und wie Blutstropfen brennend über das wirre Haar der Schläfen … Dann hauchte er ihr küssend die Frage ins Ohr: »Willst du mein werden, sag, ganz mein …?«

– – – – –

Die Eile, mit der Hedwig am nächsten Sonntagnachmittag durch die Straßen ging, fiel allen Leuten, die so hastlos wie eben am Sonntag, zumeist in Begleitung, des Weges kamen, auf. Allmählich verlangsamte sie ihre Schritte. Ihre Blicke streiften verstohlen die Straßentafeln an den Eckhäusern. Sie begann unregelmäßig zu atmen und eine Glutwelle überfloss ihr Gesicht, um es nicht wieder zu verlassen. Dann bog das Mädchen in eine Nebengasse ein und schritt frei und entschlossen auf ein Haus zu. –

Robert stand in dem gemieteten Zimmer und versuchte es gemütlich einzurichten. Er nahm die Porzellanfigürchen vom hohen Rand der Sofalehne und verteilte sie auf dem Spiegeltisch und auf den kahlen Schränken. Frische Rosen ließ er aus den schlanken Vasen duften. Als Robert an den mit Erfrischungen bedeckten Tisch trat, um eine Fliege von dem Aufsatz mit Obst zu verjagen, spürte er einen bitteren Geschmack im Munde. Gleichzeitig bedrückte ihn die schwüle Luft des schlecht gelüfteten Zimmers. Er öffnete das Fenster; die Beklemmung wich nicht. Eine Verdrießlichkeit, die an Ekel grenzte, hatte von ihm Besitz ergriffen. Er hatte das sichere Gefühl, das diese Minuten der Erwartung Hässliches bargen, ja dass dieses Warten unwürdig war. Ließ sich denn kein Ausweg mehr bahnen? Sollte dieses märchenschöne Verhältnis, das ihn beglückt und zu tätigem Leben erweckt hatte, enden wie ein schales Abenteuer von der Gasse?

Er lächelte schmerzlich. Würde sie überhaupt kommen? Nein, sie durfte es nicht tun. Er müsste sie hassen, wenn sie käme … Seine Gedanken verwirrten sich. Er sprang zur Türe und versperrte sie. Dann fegte er den Schmuck des Zimmers von den Möbeln herunter und warf die Blumen in den Winkel. Ihn besaß der einzige Gedanke: »Sie darf nicht kommen!«

Er murmelte diese Worte mechanisch vor sich hin, während er sich aus dem Fenster beugte, um die Gehsteige zu mustern. Er sah Mädchen in lichten Gewändern still und freudig vorübergehen. Ihre bunten breiten Hüte hinderten ihn, aus der Höhe des dritten Stockes die Gesichter zu unterscheiden. Doch er hätte Hedwig an ihrem Gang, an dem freien Schwung der Arme erkannt und an den unmerklichen Eigentümlichkeiten ihres Wesens, wie sie nur der Liebende untrüglich kennt. Hedwig kam nicht.

Beruhigt und doch unmutig wandte Robert den Oberkörper in das Zimmer zurück. Da hörte er ein leises, abgerissenes Pochen an der Tür. Er fuhr zusammen und stürzte zur Klinke hin. Doch nein, es musste ein Irrtum sein; vielleicht hatte ein Fremder die Wohnungstüren verwechselt. Er war doch nicht kurzsichtig. Ganz deutlich hatte er im Sonnenglanz die Straßenbreite überblicken können. Mochte pochen, wer da wollte, Hedwig konnte ja nicht hier sein. Er hätte sie bemerken müssen.

Aber wenn sie jetzt gekommen wäre, während er an der Türe stand und zitterte? Mit einem Satze war er beim Fenster und späht erregt hinaus. Um ganz sicher zu sein, lehnte er den Rücken an den warmen Fensterrahmen und stützte die überschlagenen Beine seitlich auf das Fensterbrett, so dass eine leichte Neigung des Oberkörpers genügte, um ihn sowohl die Straße als auch die Türe beobachten zu lassen.

Da wiederholte sich das Pochen. Robert brauchte den Aufschrei, der ihm entschlüpfen wollte, nicht zu unterdrücken. Etwas krampfte ihm die Kehle zusammen, eine Ahnung erfasste ihn. Vielleicht war Hedwig einfach auf dem diesseitigen Trottoir gekommen, dicht an die Mauern der Häuser gepresst. Oder es war ein Bote, den sie gesandt hatte und der nun ungeduldig klopfte.

Wieder überkam ihn dieses hässliche Gefühl der Enttäuschung. Er fühlte seine Glieder, seine Gedanken erstarren; willenlos saß er auf dem Fensterbrett und sah verschwommen den Blick seines Spiegelbildes auf sich ruhen. Alles in ihm drängte nach einer Entscheidung. Er kämpfte seine Erregung nieder und begann seine Gedanken zu sammeln.

Ob sie gekommen war oder gar nicht käme, was hatte dies mit seinem Glück, seiner Zukunft zu tun? Ob er sie nähme wie eine Heilige oder wie eine Dirne, was bedeutete das für die Tage, die er noch zu durchleben hatte? Denn – nun fühlte er es, heißer als die Sonne, die ihm Wangen, Brust und Rücken sengte –: Er liebte Hedwig mehr als sein Leben. Sie musste sein werden vor Gott und den Menschen. Vor Gott …? Wie Schuppen fiel es da von seinen Augen. Stand ihm nicht das Recht zu, sich an den Glauben, an das Wunder seiner frühen Jugend zu klammern?

Vielleicht hatte die Mutter klar gesehen. Die Zeit des ereignislosen Dahindämmerns war nur eine Periode der Vorbereitungen gewesen, in der sich die geheimen Kräfte in ihm gesammelt hatten, während er gleichgültig dahinlebte und die Hoffnungen der Mutter bespöttelte. Es galt, das Schicksal auf die Probe zu stellen. Er hatte ja nichts zu verlieren. Hedwig …? Ihr zuliebe sollte es ja geschehen. Und die Mutter? Ihr galt es den Glauben wiederzugeben, ihre Hoffnungen zu bestätigen. Er sah die geduldige Frau vor sich und hörte sie das wunderbare Geschehnis erzählen. Eine innige Zuversicht erfasste Robert. Er erlebte das Wunder gleichsam wieder. Ganz lebendig war ihm alles: Er hörte die Knaben auf der Gasse rufen, die Sonne streichelte ihn warm, eine Glaskugel rollte bunt über den Sand … Roberts Gedanken stockten. Der Sturz, der Sturz?! Das Wunderbare fehlte noch; aber er fühlte, er würde es wieder empfinden. Denn nun war er überzeugt, dass es in ihm war. Das Schicksal wartete auf seine Tat. Und dann würde alles gut werden ...

Die Türklinke knirschte, jemand rüttelte daran. Eine Stimme rief leise und bang: »Robert, Robert, bist du hier?«

Er erbleichte. Da war es. Das Wunder rief. »Ich komme gleich«, flüsterte er selig lächelnd, beugte sich in die laue Luft hinaus und ließ sich niedergleiten.

Feigheit

(Das Bekenntnis eines Lebens)

– – In meiner Jugend kamen viele Tage, die mich in seltsamen Beklemmungen fanden, in Ohnmacht einem Dasein gegenüber, das mir nie klar sichtbar wurde und sich in solchen Stunden auf den Tatendrang meiner jungen Seele legte wie böser Nebel auf zarte Blüten. Es waren nicht die üblichen Weltschmerzstimmungen der Flegeljahre, denn sie kehrten immer wieder und warfen ihre Schatten voraus. Es war ein Gefühl der Minderwertigkeit, das mich stets erfasste, wenn meine Versonnenheit und mein schweres Blut mich vor Menschen in den Schatten treten ließen, deren geringere Fähigkeiten mir nicht minder klar vor Augen standen als meine eigene Unbeholfenheit. Ich zog mich immer wieder in mich selbst zurück und war doch eine Natur, der Mitteilung die größte Wohltat gewesen wäre. In meiner Einsamkeit hielt ich Selbstgespräche über mein Los und kam zu der Erkenntnis, dass ich mit meinen Eigenschaften unfehlbar im wirklichen Leben Schiffbruch leiden müsste. Da flossen die Wünsche meiner Seele zusammen in ein sündiges Begehren: Schicksal, mache mich krank, enthebe mich all der lästigen Eigenschaften, zu denen meine physische Unbescholtenheit mich verpflichtet! ...

Ich malte mir meine Zukunft aus: Eines Tages würde ich von einem Schwindel befallen werden. Dann läge ich lange bange Zeit zu Bette, unter großen Schmerzen die wohlige Hoffnung auf Erlösung von meinen seelischen Leiden hegend. Ich würde gesund werden und plötzlich anders sein als die anderen. Ein körperlicher Mangel würde mich schonungsbedürftig machen, das Mitleid meiner Umgebung erregen, ein hassenswertes Mitleid, für das ich gleichwohl dankbar sein würde. Denn nun würde niemand an den jungen Krüppel jene lächerlich scheinenden, so verlegen machenden Ansprüche stellen, denen ein normaler junger Mensch im Leben zu genügen hat. Die Ruhe meines Lebens pflegte ich das ersehnte friedliche Gefühl zu benennen. Ich sah mich inmitten aller, die mich bis dahin gescholten, mein eigenes Leben führen, meinen Neigungen nachhängen und lediglich das tun, was mir als das Rechte erschien. –

Der Preis für die Erreichung dieses Zieles dünkte mich so gering, dass ich mich oft bei dem Gedanken ertappte, dem Schicksal vorzugreifen und etwas zu unternehmen, was meiner Wünsche Erfüllung näherrücken würde. Dann kamen Augenblicke quälender Zweifel. Wäre das nicht Feigheit, dem mir vorbestimmten Leben aus dem Wege zu gehen? Bestand der Unterschied zwischen mir, dem Ungeschickten, und meinen gewandten Genossen nicht in der Trägheit meines Willens? Ich beschloss anders zu werden, beteiligte mich an den Vergnügungen der Kameraden und wiederholte mir, wenn ich unter ihnen weilte, oft die Worte: »Nun bist du ihresgleichen, ihre Freuden sollst du mit ihnen teilen wie auch ihre Abneigungen.« Ich sprach mir diese Worte krampfhaft vor und zwang mich, sie zu glauben, – bis ich die Gesellschaft zu meiden getrieben wurde, da ich fühlte, dass meine Empfindungen entgegengesetzten Zielen galten, dass ich ihre Freuden hasste und leidenschaftlich an allem hing, was ihnen fremd und unfassbar erschien. Ich verzichtete auf alle weiteren Versuche, mich ihnen anzugleichen.

Dann lernte ich die Frauen kennen. Zuerst die jungen Mädchen, die mir, als einzigem Sohne meiner Eltern, gleich fremden ungeahnten Wesen erschienen, denen näherzutreten mich eine zage Sehnsucht trieb, während gleichzeitig das deutliche Bewusstsein meiner Unbeholfenheit mich ins Dunkel zurückdrängen wollte. Ich verliebte mich in ein schlankes blondes Mädchen mit braunen Augen, deren Blick mich mild verstehend zu streifen schien. Aber meine Neigung glich nicht der männlich kecken Art meiner Altersgenossen: Wenn ich durch die belebten Straßen der Stadt ging und mitten in meine Liebesgedanken hinein die Zornrufe der Kutscher schrillten, da hatte ich nicht den kühnen Wunsch der andern: mein Mädchen vor dem Heranrasen eines scheugewordenen Droschkengauls zu retten und mit nachlässiger Gebärde und stolz blitzenden Augen ihren Dank zu empfangen. Nein, auch hier setzten sich gegensätzliche Gedanken ein. Ich verspürte mächtig den Wunsch, vor ihren Augen Unglück zu erleiden, von tollen Gäulen niedergerissen zu werden, von Hufschlägen zerschmettert, nur ihren Namen schmerzlich zu fühlen.

So ging ich an dem lichten Wesen vorüber, das meinem Leben die ordentliche Bahn gewiesen hätte. Und ihre Schönheit hätte in mir jene Gabe ausgelöst, der ich zeitlebens nachgetrachtet habe: als Dichter Güte und Schönheit zu verkünden.

Nach den kleinen Leiden der Kindheit und nach diesem selbstquälerischen Kampfe um mein tiefstes Gefühl hatte mich in meiner Einsamkeit das Verlangen erfasst, durch Tätigkeit Befreiung zu finden. Ich schrieb die Geschichte meiner Leidenschaft nieder und ließ meinen Kummer in klagenden Versen verströmen. In Augenblicken plötzlichen Zweifels vernichtete ich die Mehrzahl der beschriebenen Blätter. Dann wieder fühlte ich mich so sicher und zu allem Erhabenen fähig, dass ich, von einem heftigen Drang gelenkt, halb unbewusst unter seligen Qualen die zerstörten Aufzeichnungen neu erschuf.

Dann nahm mich das Leben auf und ein Brotberuf gewährte mir nur die knappen Ruhestunden zur Befriedigung meiner geistigen Neigungen. Ich arbeitete, wenn auch spärlich. Der Erfolg blieb aus. Die kleinlichen Sorgen der Tage, die ungeliebte Beschäftigung und der Mangel neuer Eindrücke wirkten zerstörend auf meine Kräfte. Ich blieb die Nächte hindurch wach, um meine

Pläne auszuführen. Doch alle scheiterten an der Unmöglichkeit, unverwirrten Geistes frisch an die Arbeit gehen zu können. Mir fehlte die Zeit, mich zu sammeln. Und ohne Sammlung vermochte ich nichts Ganzes, Insichvollendetes zu schaffen. Genau erkannte ich: Nur unabhängig würde ich etwas leisten können. Meine Eltern waren gestorben, ohne mir so viel zu hinterlassen, dass ich davon hätte frei, ohne Beruf leben können. So rieb ich mich denn in einem grausamen Doppelleben auf: verhasste Arbeit bei Tage und in den Nächten ein unfruchtbares Ringen ...

Da stellten sich in Augenblicken größter Entmutigung wieder die Wünsche früherer Zeiten ein: Kranksein bemitleidet, Enthobensein von den Alltagspflichten, und als Entgelt ein ungestörtes Leben in Arbeit als ein unsichtbar Gezeichneter der Unmännlichkeit. Ich verwühlte mich, gierig und schamvoll zugleich, in diese Gedanken, bis ich mich am Rande des Abgrundes fand, in den ich zu stürzen begehrte. Es ereignete sich das stündlich Ersehnte, Befürchtete und doch gänzlich Unerwartete.

Ich hatte als Reserveoffizier meine letzte Waffenübung bei einem in einer industriereichen Provinzstadt stationierten Bataillon zu vollziehen. Ein allgemeiner Streik der Fabrikarbeiter war kurz zuvor ausgebrochen und eines Tages durchzogen Haufen von Arbeitern singend und pfeifend die Gassen. Da erhielt meine Kompanie den Befehl, die Hauptstraßen abzusperren. Ich hatte meinen Zug den erhitzten Massen entgegenzuführen, sie zur Umkehr aufzufordern und nötigenfalls mit Gewalt bis zum Marktplatz zu drängen, wo ich Verstärkung vorfinden würde. Als die Menge unsere Bajonette blinken sah, erreichte ihre Erbitterung den Höhepunkt. Wüste Schreie ertönten. Deutlich sah man einige Besonnene die Rasenden beschwichtigen. Ein Teil machte Kehrt und entfernte sich unter Murren. Die Übrigen hatten sich zum Widerstand entschlossen. Betäubendes Wutgeschrei empfing uns. Man riss Steine aus dem Pflaster, dem ersten

Wurf folgten unzählige. Fensterscheiben klirrten, Laternen wankten. Es gab kein Zurück mehr. Ich musste »Vorwärts!« kommandieren. Meine Leute stürzten mit gefälltem Bajonett in die johlende Masse hinein. Da streifte ein Stein zischend meine Wange; ich wandte den Kopf und sah einen meiner Soldaten blutüberströmt niederstürzen. Dann zerschmetterte mir ein zweiter Stein die Kniescheibe. Ich fiel über einen bewusstlosen Arbeiter hin. Meine Gedanken stockten. Das gellende Geheul ringsum ging über in ein verbrandendes Rauschen; mir war als hielte mir jemand zwei Riesenmuscheln an die Ohren. Plötzlich erhob sich ein Brausen. Da verlor ich das Bewusstsein –

Als ich nach langen Wochen aus dem Garnisonsspital entlassen wurde, war ich ein Krüppel. Ein Invalide, der geraden Wegs zu einem Verleger humpelte und ihm einen während der Rekonvaleszenz verfassten Roman zum Druck anbot, jenen Roman »Feigheit«, der vor zwanzig Jahren das gelesenste Buch in unserer Heimat war und dessen Autor sich hinter einem Pseudonym verbarg, das ich erst heute lüfte.

Die ersten Wochen nach meiner Verwundung waren furchtbar gewesen. Wirre Fiebergedanken verschmolzen mit der unbeirrten Vorstellung, dass jene Verletzung die unmittelbare Erfüllung meiner schlimmen Sehnsucht zu bedeuten habe. Ich sah mich wieder an der Spitze meines Zuges, sah den Verwundeten hinter mir liegen und fühlte, wie alle meine Gedanken sich zu dem heißen, zitternden, erbärmlichen Wunsche ballten, ein Stein möge mich verletzen, mich lähmen, zum Krüppel machen, damit endlich alle Not vorüber wäre ... Kaum ich dies ausgedacht hatte, war einer aus der Menge – ein schmächtiger Greis, seine grauen Augen leuchteten – zur Seite gesprungen, hatte einen Ziegelstein erfasst und auf mich geschleudert. – Ich wusste nicht, war dies wirklich so geschehen oder hatte ich es geträumt: Stündlich sah ich nun diesen Augenblick vor mir, bis Wirklichkeit und Wunsch verschmolzen und ich an diesem Geschehnis nicht mehr zweifelte.

Dann kamen die Tage der Genesung. Mein Geist war einigermaßen ausgeruht. Die Arbeitslust übermannte mich. Ich begann wieder zu schreiben und mir gelang die Darstellung der Verirrungen meiner Jugend, meiner Zweifel und frevelhaften Wünsche, ihrer schicksalhaften Erfüllung. Während der Niederschrift überkam mich eine seltsame Ruhe, wie beschwingt glitt meine Feder über das Papier, eine heitere Milde drohte die trüben Gedanken zu verscheuchen, die ich zu schildern hatte. Doch ich beherrschte mich und ließ die Geschichte meines zerrissenen Lebens mit dem freiwilligen Untergange des Helden enden, mit seiner Flucht aus diesem Leben, das ihn zu zermalmen drohte. Aber in meiner Verblendung hätte ich am liebsten laut die mächtige Freude über die Erfüllung meiner geheimsten Sehnsucht, das Triumphgefühl des feigsten Menschen in die Welt geschrien ... Dem Buche gab ich, nur im Hinblick auf den erfundenen Ausgang, den Titel »Feigheit«; eigentlich glaubte ich aber damals mutig und stark zu sein, weil ich auf der Grundlage der schicksalhaften Erfüllung meines Wunsches mit lebendigen Kräften mir ein neues Dasein schaffen wollte.

Dann erschien mein Roman und erntete einen großen Erfolg. Im letzten Augenblicke hatte mich ein aus Zweifeln und Scham gemischtes Gefühl meinen Namen vermeiden geheißen. Das anonyme Werk trug mir ein bescheidenes Vermögen ein, so dass ich mich von nun an unbeschränkt der Schriftstellerei widmen konnte. Jedoch nach einiger Zeit mühsamen Schaffens kam mir die schmerzhafte Erkenntnis, dass ich nichts Neues zu sagen hatte, dass mich jene Darstellung meiner jungen Jahre ausgeschöpft und kraftlos gemacht hatte. Nun stand ich da, unfruchtbarem Bemühen hingegeben, schlaff und ausgehöhlt. Meine Tage rannen vorüber, erfüllt mit ewigem Ringen um neue Stoffe, lässigen Versuchen, einen Beruf zu ergreifen und wie die andern, gewöhnlichen, tätigen Menschen zu werden. Misserfolge stellten sich ein. Niedergeschlagen verbrachte ich die Abende im dunklen Zimmer, über mein Schicksal grübelnd und den Ursachen meiner Erschlaffung nachforschend.

Plötzlich fiel es wie ein Schleier von meinen Augen. Ich entdeckte auf dem Grunde meines Bewusstseins lauernd das entsetzliche Gefühl der Scham, das mich nie verlassen, sondern heimlich mein ganzes Tun beeinflusst hatte. In klarer Rückschau über die Geschehnisse vor der Katastrophe erkannte ich mit Gewissheit, dass ich mich blind in eine fixe Idee versenkt hatte, die mir die Energie verliehen hatte, zu arbeiten und an meine Fähigkeiten zu glauben. Ich hatte nicht bedacht, dass nur ehrliches Schaffen die Befreiung herbeizuführen vermag. Zerknirscht und beschämt musste ich mir gestehen, dass ich kein Dichter war, sondern bloß einer, der den heftigen Wunsch nach Ruhm besaß, ohne die Seelenstärke, durch Kampf und Mühsal dem Ziele zuzustreben.

Mein Roman war lediglich die Loslösung der angesammelten Erlebnisse und der aufs Höchste gespannten Ruhmgier gewesen, in der alles, was ich zu geben hatte, Echtes und Falsches, Entladung fand. Nun stand ich als ein Bettler da, der mit fürstlicher Gebärde seinen winzigen Besitz fortgeschleudert hatte.

Eine endlose Nacht hindurch habe ich mit meinem Stolz gekämpft, dann habe ich den falschen Trieb aus meinem Herzen gerissen und entsagt.

Seit zwanzig Jahren habe ich keine Zeile mehr geschrieben. – – –

Und nun hält der Leser mein zweites und letztes Werk kopfschüttelnd in der Hand, die Rechtfertigung des Greises. Ein letztes Mal habe ich die Feder ergriffen und meinen Roman umgearbeitet. Nun ist alles Anmaßende und Erdichtete ausgeschieden, der unwahre Schluss ist gestrichen. Ich habe alles daran gesetzt, kein Wort zu schreiben, das nicht wahr wäre vom ersten bis zum letzten Buchstaben, kein Gefühl zu schildern, das mich nicht durchflutet hat; ich habe meine menschliche und künstlerische Rechtfertigung geschrieben.

Wenn meine Kraft auch bloß für ein einziges Werk hinreichte, so will ich es wenigstens voll und ganz als *mein* dastehen lassen.

Diesmal stirbt der Held nicht. Er beginnt ein Leben der Entsagung und Buße, rastloser Arbeit im täglichen Dasein, er sühnt die furchtbare Gedankenschuld seiner Jugend.

Mein Werk geht in die Welt hinaus, während ich hinter mein verfehltes Leben den Schlusspunkt setze.

Ein neuer Tag …

Nach einer vierstündigen Eisenbahnfahrt kam Franz Laufer in der kleinen Stadt an. Er fühlte sich tüchtig durchgerüttelt. Mit halbgeöffneten Augen sah er, wie die beiden Geschäftsreisenden, seine Fahrtgenossen, den Koffer, der ihnen als Tisch gedient hatte, durch Umstürzen seinem ordentlichen Zwecke wiedergaben, die Spielkarten einsteckten, beinahe gleichzeitig einen dicken Schlüsselbund aus der Hosentasche nahmen und ihre Reisetaschen öffneten. Lächelnd konstatierte er die vollkommene Ähnlichkeit ihrer beiden schwarzen Wachsleinwandfutterale, in denen – ein leises Neidgefühl überschlich ihn – Kleider-, Schuh- und Hutbürsten in guter Ordnung steckten. Er stieg nicht früher aus, als bis die Beiden tadellos gebürstet dastanden, die Krawatte zurechtgerupft und die glänzenden Schuhe auf das Trittbrett gesetzt hatten.

Er stand auf dem Bahnsteig. Die laue Luft wogte ihm entgegen. Vor der Ausgangstür stockte er unwillkürlich, besann sich und zog die ausgestreckte Hand, in der die Fahrkarte lag, zurück. Da war kein Uniformierter, die Ausgestiegenen zu kontrollieren. Draußen empfingen ihn tiefe Stimmen:

»›Goldener Löwe‹ … ›Stadt Prag‹ … Wohin wünscht der Herr? … ›Schwarzes Ross‹ am Marktplatz! ...«

Drei, vier Hoteldiener, die Zigarre im Mundwinkel, umwarben mit flauer Beflissenheit den Reisenden, der in seinem graugestreiften Anzug, mit dem staubbedeckten runden Steifhut bescheiden genug aussah. Er reichte den Koffer hin.

»Hallo! Goldener Löwe!«, rief der Hausknecht, der Hotelwagen rumpelte heran. Die beiden Reisenden saßen schon darin.

»Fährt der Herr gleich mit?«, fragte der Mann. Franz Laufer nickte zerstreut, blickte auf und überlegte.

»Nein, ich komm' später. Können Sie mir sagen, wo die Goethestraße ist?«

»Ach da gehen Sie bloß hier links geradeaus, dort unten, wo ›Stadt Prag‹ ist, das gelbe Haus mit dem großen Garten, sehn Sie's? – um die Ecke. Dort wird man's Ihnen schon weiter sagen.«

Der junge Mann hatte nicht zugehört.

Das Wort Goethestraße wollte ihm nicht aus dem Sinn. Er stellte sich zwei mächtige Häuserreihen vor, breite Gehsteige, Asphaltpflaster und elegante Passanten. Goethestraße ... Warum? Wäre Goethe auch einmal in diesen Ort gekommen? Ihm fielen Verse ein, ganze Strophen. Vielleicht war ein Goethestandbild in dieser Straße? Er fühlte wohltuende Neugier erwachen. Eine Peitsche knallte. Der Omnibus mit dem Hausknecht auf dem Kutschbock rasselte ab. Der junge Mann schlenderte hinterdrein. Es war früher Nachmittag, die breite Landstraße mit den hartgetrockneten, staubgefüllten Wagenspuren mündete erst nach einer tüchtigen Strecke in die Stadt ein.

Gleich bei ihrem Eintritt verlor sie die hageren Pappeln, die auf der einen Seite – in kurzen Zwischenräumen stehend – fallweise Oasen für den schattenbedürftigen Ankömmling gebildet hatten. Unter dem letzten Baum angelangt, machte er erschöpft halt.

Die Häuser waren niedrig; zwischen mehreren einstöckigen ragte hin und wieder eins um ein Stockwerk höher. Ein Fleischerladen war offen, ein dicker Mann mit fleckiger Schürze stand vor der Türe, an deren Pfosten geronnenes Blut klebte. Der Schweiß lief über seine roten Wangen; er hatte ein gutmütiges Doppelkinn, Franz Laufer musste lächeln, als sein Blick von dem Wulst dieses Kinns auf das breite Schlachtmesser im Ledergurt des Meisters glitt.

Eine Turmuhr schlug. Der junge Mann sah hinter dem Häuschen des Fleischhauers zwei schlanke Kirchturmspitzen aufsteigen. Es war ein Viertel vor zwei Uhr. Die Straße belebte sich. Staubwolken wirbelten heran. Franz ging weiter mit dem nachlässigen Wunsche, ohne nach dem Wege zu fragen, in die Goethestraße zu gelangen. Aus den Staubwolken schossen kleine Radfahrer, Knaben, die aus der Umgebung des Städtchens zur Schule fuhren. Manche hatten die Schulbücher an die Lenkstange festgebunden, andere trugen Schultaschen aus braunem Fell auf der Schulter, die wie Tornister aussahen. Alle hatten hinter dem Sattel kleine Päckchen – Obst und Butterbrot – festgebunden.

Manchmal strich ein Windstoß erfrischend durch die Luft. Franz Laufer bog um die Ecke der Straße und sah eine lange Mauer vor sich, über welcher Baumwipfel rauschten. Angenehme Düfte waren in der Luft. Er ging längs der Mauer weiter und stand vor einem zierlichen Gebäude, das einer kleinen Villa glich. Über dem Eingang war eine schwarze Tafel angebracht, »Hausbacher & Co. Kanditen und Schokolade«. Links und rechts waren die Worte »en gros« und »en detail« mit dünnen weißen Buchstaben gemalt.

Der junge Mann trat über zwei Stufen in das Haus ein, blieb dort im Hausflur stehen und besann sich, wie aus einem Traum erwachend: »Ach ja, das ist unsere Firma. Und ich bin Franz Laufer, Korrespondent der Prager Filiale der Kanditenfabrik Hausbacher & Co. und habe mich hier als neueintretender Komptoirist zu melden. Und in der Goethestraße bin ich auch und hab' mich gar nicht umgesehen. Doch das hat Zeit. Treten wir ein!«

Plötzlich verspürte er doch ein unbehagliches Gefühl. Er sah betrübt auf seine staubigen Hosen und Schuhe. Doch dann zuckte er mit den Schultern und ging weiter –

Während er mit geringer Entschlossenheit die Klinke einer gelblackierten Türe niederdrückte, las er die Aufschrift, welche ein durch einen weißen Horizontalschnörkel geteiltes schwarzes

Blechschild über der Türe trug. Oben stand »Chef«, unten in kleineren Buchstaben »Buchhaltung« ... Die Klinke war glücklich niedergedrückt, die Tür hatte sich geräuschlos geöffnet und der junge Mann stand in einem dunklen Vorzimmer. Da er annahm, dass das »oben« des Blechschildes »rechts« bedeuten sollte, ging er gegen die rechte Wand des Raumes und stieß plötzlich mit dem Fuß gegen eine Türe. Er erschrak. Die Türe wurde geöffnet. Er sah sich einem schlanken Herrn mit dunklem Spitzbart gegenüber, der ihn unwirsch anfuhr:

»Was wünschen Sie? Drüben ist das Büro.«

Franz errötete, griff in die linke Innentasche seines Rockes und steckte dem Herrn ein großes Briefkuvert entgegen. Zugleich besann er sich und nahm erschrocken den Hut ab.

»Aber ich sag Ihnen doch, dass das Büro drüben ist! Von welcher Firma kommen Sie denn? Werden bei Ihnen vielleicht die Briefe dem Chef persönlich übergeben?«

»Ich bin ... Ich komme her ... Mein Name ist Laufer ... Mein Legitimationsschreiben, hier ...«

»Sie sind –? Gut. Ich habe Besuch. Ich werde Sie später rufen lassen. Drüben in der Buchhaltung melden Sie sich beim Herrn Schreiber. Sie übernehmen die Korrespondenz und werden außerdem das Hauptbuch führen. Haben Sie schon ein Logis?«

»Ja, nein ... Im Hotel –«

Der Chef brach das Gespräch zwischen Türflügel und Schwelle ab und schloss:

»Schön. Ich werde Sie noch rufen lassen.«

Franz sah noch über dem Arm hinweg einen beleibten Herrn, der in einer Rauchwolke neben einem Schreibtische saß und in seinem Notizenbuch blätterte.

Er stand allein im Vorzimmer.

Da erst fiel ihm ein, was er vor allem hätte vorbringen sollen: Dass er noch nicht zu Mittag gegessen habe und zu diesem Behufe für heut Nachmittag um Urlaub bitten möchte. Das schroffe Wesen des Chefs hatte keinen angenehmen Eindruck auf ihn gemacht. Er fühlte sich verlassen und übersehen.

Er raffte sich auf und öffnete die gegenüberliegende Türe, nicht ohne vorhergehendes Anklopfen, das ohne Erfolg blieb.

Eine fette pathetische Stimme beherrschte den Raum. Kurze Ausrufe fielen. Dazwischen, die Wörtchen: »ja … und? ...«, die leichthin von Zuhörern gemurmelt werden, um einen Erzählenden anzufeuern. Franz erkannte die Situation: Während der Chef Besuch hatte, hielt das Schreiberpersonal ein Plauderstündchen.

Die hellgelben Rollläden waren bis zur Fensterhälfte herabgelassen, die geräumige Kanzleistube war von jenem matten Helldunkel erfüllt, in welchem unzählige Staubteilchen lässig schweben, während dünne Sonnenpfeile von Zeit zu Zeit durchs Fenster huschen und in dunklen Ecken verschwinden.

Franz stellte sich in einen Winkel und wartete ab. Er sah, dass man ihn bemerkt hatte, sich aber Zeit ließ für die Erledigung seiner Angelegenheit, denn etwas Wichtigeres machte die jungen Geschäftsleute, die zum Teil rücklings auf ihren Stühlen saßen, gierig aufhorchen.

Vor einem Schreibtisch stand ein alter aufgeregter Herr, eine dicke Zigarre feucht zwischen die gelben Zähne gepresst, das rechte Bein vorgestreckt, und war mitten in gewaltigen Reden ...

»... Ein reizendes Kerlchen war das. Damals in Prag. Vor zehn Jahren … nein, früher noch, wie die Ausstellung war … Da haben Sie noch nicht gewusst, was für Sachen Sie mal von mir hören werden, Herr Prstetz, was? ...«

Ein vielleicht neunzehnjähriger Bursche, der auf der Schreibtischkante saß, lachte dem eifrigen Herrn zu und zeigte die schönen Zähne in seinem frischen Mädchenmunde. Franz musste über des Jünglings auffallend nette Kleidung lächeln. Die andern

Angestellten in ihren schäbigen Büroröcken lümmelten sich gemütlich auf ihren Sesseln.

»... Also, ein tadelloser Kerl, sag ich Ihnen. Schlank, elegant, fesch, blond und einen Hals hat sie gehabt ... und Brüsterln – Also, ich geh' einmal abends übern Graben aus der Ausstellung, und seh sie. Donnerwetter, denk ich, das wär was! Ich geh ihr nach, geh vorüber, schau ihr ins Gesicht – ein fescher Bursch war ich damals – Prstetz, lachen Sie nicht! ... Ganz schwarzes Haar hab' ich gehabt, noch vor fünf Jahren – sie lacht, ich bleib stehn, sie geht langsam auf die andere Seite. In der Bergmannsgasse sprech' ich sie an. Ein fescher Kerl, sag ich Ihnen, solche dunkle Augen hatte sie – und sie lacht und geht mit mir, gleich zu mir hinauf. Natürlich war ich ein bissel baff, weil's so rasch ging – aber schließlich, die Weiber sind Ludern und damals hab ich ihrer gehabt, mehr als ich verlangen konnte. Sie geht also mit mir. In der Gasse, wo ich wohnte – tadelloses Zimmer, sturmfrei – passiert noch etwas: Die Trafikantin steht im offenen Laden und sieht mich. Verflucht, denk ich, hoffentlich hält sie den Mund. Natürlich, die dumme Gans glaubt, weil ich mal Sonntag mit ihr einen Ausflug gemacht hab', darf ich mit keiner anderen gehn – und wie sie das Prachtmädel sieht, wird sie rot und schreit über die Gasse herüber: ›Má úcta, pane Schwendenheim!‹ – Ich schaue weg, aber die Blonde macht sich gar nichts daraus und lacht: ›Also so ein Feiner sind Sie!‹ Ein Prachtkerl war das. Und gelacht hat sie fortwährend. Bis zwei Uhr ist sie bei mir geblieben. Ich sag' Ihnen, hundert Gulden hätt' ich's mich kosten lassen! So eine Nacht.«

Im Zimmer läuft ein lüsternes Schmunzeln über die Gesichter, alle starren bewundernd auf den kleinen Herrn, der sich reckt, in den längst erkalteten nassen Zigarrenstummel beißt und mit dem rechten Fuß kleine Bewegungen vorwärts macht, wie ein Fechter in der Angriffsstellung.

Der hübsche Prstetz ist rot geworden und blickt krampfhaft auf einen Abreißkalender an der Wand. Franz sieht, wie in seinem Gesicht Lust und Entrüstung zu kämpfen scheinen, wie seine Lippen sich öffnen und wieder zusammenklappen, als wolle er mit einer erregten Einwendung dem gemütlichen Vorgesetzten in die Rede fallen. Dieser setzt plötzlich eine düstere Miene auf, sein ungepflegter grauer Schnurrbart legt sich in die Verlängerung der Trauerfalten, die sich prompt neben seinen Nasenflügeln gebildet haben. Diese etwas verfrühte Stimmungsänderung kontrastiert mit der eingebildeten Stimme des Mannes.

»Also, eine feine Nacht war das. Um zwei Uhr zieht sie sich an, lacht – immerfort hat sie gelacht! Prstetz, ist Ihnen das schon einmal passiert? ... Gibt mir einen Kuss, ich Esel vergess' ganz, sie zu fragen, wo sie wohnt, wann ich sie wieder treff' – und sie geht. Natürlich hab ich nicht mehr einschlafen können. So aufgeregt hat's mich. Und nicht einen Heller hat sie nehmen wollen –

Früh will ich ins Büro zehn. Ganz wütend, weil ich nicht weiß, ob ich sie bald wieder treff! Da läutet es. Eine fremde Dame stürzt herein, verschleiert, ganz aufgeregt und schreit mich an: ›Bei Ihnen war sie! Bei Ihnen ...?‹ Und starrt mich an wie verrückt. Ich will sie fragen, was sie von mir will. Da spuckt sie aus vor mir und schreit wieder: ›Bei Ihnen war sie! Meine Schwester! ... Und wissen Sie, wo sie ist?! Am Franzensquai ... In die Moldau ist sie gesprungen!‹

Und sie dreht sich um und fährt zur Türe hinaus und fort war sie. Bis heute weiß ich nicht, war's wahr oder nicht. – Aber hundert Gulden hätt' ich's mich kosten lassen ... Was, das sind Geschichten – so was gibt's heut nicht mehr, wie, Herr Prstetz?«

Da pustete der kleine Prstetz dem kleinen Herrn zornig und wutlachend ins Gesicht:

»Natürlich, natürlich! Das gibt's nicht, Herr Buchhalter. Aber Ihnen ist das auch nicht passiert. Die Geschichte hab' ich ja schon gehört, vor zwei Monaten, wie ich erst paar Tage im Geschäft hier war. Der dicke Reisende aus Brünn hat sie ja erzählt … Damals haben Sie sich ja so aufgeregt dabei!«

Und er machte sich wütend und beleidigt über ein aufgeschlagenes Kopierbuch her.

Die anderen Angestellten verbissen das Lachen und kehrten befriedigt auf ihre Plätze zurück. Der Buchhalter knurrte etwas, zündete hastig eine frische Zigarre an und tat, als habe er nichts gehört. Ganz freundlich wandte er sich rasch zu Franz: »Also, was bringen Sie, junger Mann? Ach! … Aus Prag, an Herrn Drehers Stelle … so! Warum haben Sie das nicht gleich gesagt? Also schön. Herr Dreher, seien Sie so gut, zeigen Sie dem Herrn, was er zu tun hat … Oder, warten Sie mal, ich will ihn erst vorstellen. Also, das ist Herr Laufer aus unserer Prager Filiale. Schwegenheim heiß' ich, freut mich sehr … Hier, der Herr Kassierer Brummel, Herr Paldus, mein Stellvertreter und Herr Schneider, auch Korrespondent und Buchhaltungsbeamter, wie Sie. Dann noch der Jüngling, der vorhin gesprochen hat, unser Praktikant, Herr Prstetz. Herrn Dreher kennen Sie jetzt bereits.«

Franz machte seine Verbeugungen und spürte schmale und breite, mehrfach schweißfeuchte Hände. Die Namen vergaß er sogleich.

Man wies ihn seinen Platz an; der stand neben dem Fenster in einer Ecke und die Sonne strich wärmend in einem breiten Strahle über des Sitzenden Rücken, während sein Kopf im lauen Schatten war.

Dieser Herr Dreher, dessen Nachfolger Franz werden sollte, war wohl ein tüchtiger Büroarbeiter und Geschäftsmann – zum Pädagogen mangelte ihm alles. Er stellte sich mit wichtiger Miene neben Franz, zerknüllte hastig einen Brief, den er zur

Hälfte vollendet hatte, warf ihn in den Papierkorb und begann, die Hände abwechselnd in die Hosentaschen tauchend, Franz denselben Brief, die Erledigung eines Lieferungsauftrags, zu diktieren.

»Also, immer schön oben paar Zeilen freilassen! Aber, aber ... haben Sie denn noch keinen Brief geschrieben? Vier Finger vom obern Rand ... mindestens ... Also: In Erledigung – haben Sie's? – Ihres Geschätzten ... Geschätzten groß!« – – – –

»So, Sie glauben also, dass es Ihnen hier gut gefallen wird? Bald einleben wollen Sie sich? Einöden, nicht einleben. Seh'n Sie mich nur so ungläubig an. Bald werden Sie andre Augen machen.«

Dreher saß mit Franz an einem Gasthaustisch und fuchtelte mit einer Aufgeregtheit herum, die ein wenig künstlich schien. Es war etwa zehn Uhr abends. Franz fühlte sich müde und horchte doch gespannt auf die Worte Drehers, die ihm wertvolle Winke für die Zukunft geben sollten.

»Ich kenn' das«, fuhr Dreher fort. »Vier Jahre hab ich hier gelebt und jede Weile ist ein Neuer herausgekommen, Prager wie Sie. Und alle sagten, ich werde mich schon einleben. Ich will Ihnen was sagen; schauen Sie mich an. Als ich herkam, hab ich's auch gesagt. Und nach drei Monaten war ich soweit wie die andern. Ins Büro gehn, essen, trinken, Gasthaus, Kartenspielen, Billard. Und Sonntag zum Überfluss noch einen Ausflug, irgendwohin, wo man ein warmes Bier kriegt. Und Klatschereien und Feindseligkeiten, Sie wissen nicht, warum.

– – Und natürlich war ich's besser gewöhnt und hatte mir's anders vorgestellt. Natürlich dacht' ich – geben Sie acht, Sie werden's auch tun – ein Kaffeehaus wird's hier doch zum Teufel geben, wo du dich hinsetzest, in Ruh' paar Zeitschriften liest. Und ein Theater, wenn's nicht groß ist, doch besser als nichts. Und paar Menschen, mit denen man reden kann – werden sich auch finden lassen. Gewiss! Aber das ist es ja, dass bei den paar Menschen, die einem passen, gleich die andern kleben. Die anderen – warten Sie, die werden Sie kennenlernen. Leute, die man nicht anspuckt, wenn man anderswo ist.

Hier sind Sie auf sie angewiesen. Doch wozu reg' ich mich auf. Sie werden ja alles selber sehn – Ich nicht mehr!«

Drehers Augen leuchteten sehr froh. Am nächsten Tage sollte er schon in Prag eintreffen, um dort zu bleiben.

Franz gab es auf, diesen Menschen, der in Gedanken schon fern von der kleinen Stadt weilte, weiter auszufragen. Er beschloss, abzuwarten. Und hatte er sich nicht freiwillig hierhergedrängt? Hatte er nicht beinah fluchtartig die Vaterstadt verlassen, um in diesem kleinen Orte ein stilles Leben zu beginnen?

Die beiden Jünglinge zahlten und gingen durch einige kurze ausgepflasterte Gassen nach Hause. Franz hatte das Zimmer seines Vorgängers in einem einstöckigen Häuschen, das von lauter jungen Geschäftsleuten bewohnt wurde, übernommen.

Dreher war schweigsam geworden. Auf der Gasse blieb er manchmal stehen und blickte hinter sich. Franz bemerkte verstohlene Abschiedsblicke und dachte lächelnd an Drehers komisch hochfahrendes Benehmen am Nachmittage und an das trübe Bild, das er von diesem Leben in der kleinen Stadt entworfen hatte, die er nun doch zögernd verließ.

Dreher schlief auf einem Sofa, das in Franzens neuer Wohnung stand. Franz legte sich in ein Bett mit hohen, kühlen Kissen und schlief sogleich ein.

Der Posten

Hohe Mauern umschließen quadratische Höfe, deren Begrenzung grüne, starke Gitter bilden. Dicht an den Höfen ragen nackte hohe Gebäude empor. Kein Fenster ist erleuchtet.

Scharf heben sich die Konturen der einzelnen Häuser der Strafanstalt von dem tiefblauen Himmel ab. Von hundert zu hundert Schritten unterbricht die Helle der getünchten Mauern ein Schilderhaus. Vor jedem wandert eine einsame Gestalt mit schwerem Tritte auf und ab. Bajonette funkeln über blauen Mützen. Die Wachtposten sind auf ihrer Hut.

»Zum hundertfünfundvierzigsten Male bin ich an dieser Stelle angekommen. Noch eine Stunde und man löst mich ab. Warum nur muss ich gerade hier immer stehen bleiben und emporschauen? Es brennt ja kein Licht in den Zellen und die Fenster sind trüb wie böse Augen ...«

Dies flüsterte der Soldat, welcher das Gebäude der lebenslänglich Verurteilten zu bewachen hatte, vor sich hin, als er zum hundertfünfundvierzigsten Male seit Beginn der Nacht an einem Vorsprung der Umfassungsmauer stand, von wo er die ganze Front des hässlichen Baues betrachten konnte. Johann Köhler war seit vier Monaten Soldat, und dies sein erster Dienst als Wachtposten.

Vor einem halben Jahre war in ihm ein anderes Bild dieses Wachestehens gewesen. Damals kannte er nur die Posten, die vor Kasernen oder staatlichen Gebäuden stehen und anscheinend zwecklos mit geschultertem Gewehr längs des Trottoirs stolzieren. Als er mittags mit seinen Kameraden das Strafhaus erreichte, wo er als Posten stehen sollte, hatte ihn in einem Augenblick der Wunsch gepackt, aus Reih und Glied davonzustürmen, zurück in belebte Gassen, unter Menschen, nichtuniformierte Menschen.

Denn als ein Beamter mit riesigen Schlüsseln das Doppeltor öffnete und es schweigend wieder verschloss, umfing die Soldaten ein lastende Stille, die Johann Köhler jenen Drang zur Flucht einflößte.

Die Posten wurden aufgestellt. Die ersten Minuten verbrachte der junge Soldat mit der Betrachtung seiner Umgebung, die bald beendet war. Außer den Nachbarposten sah er keinen Menschen. Die Gebäude waren so glatt und weiß und kahl, dass er das von ihm zu bewachende kaum von den anderen unterschieden hätte, wäre es ihm gestattet gewesen, einen bestimmten Raum vor demselben zu überschreiten. Die Stille bedrückte ihn. Die Kälte machte sich allmählich fühlbar.

Als seine Neugier befriedigt war, begann er gelangweilt auf- und abzugehen. Er zählte die Schritte von seinem Schilderhause bis zu den schwarzen Streifen an der hohen Mauer, die den dem Posten gewährten Bewegungsraum begrenzen. Es waren dreiundvierzig Schritte. Er überprüfte die Berechnung, zählte dann die Fußlängen ab, überprüfte ihre Zahl und langweilte sich schließlich wieder. Tagsüber war der Dienst unschwer zu versehen, weil die Sträflinge stets unter Bewachung durch die Aufseher stehen. Von Zeit zu Zeit erschien an einem Fenster des Gebäudes ein Kopf mit hoher Beamtenmütze bekleidet. Es waren Aufseher, die auf die Uhr am Turm des höchsten Hauses schauten.

Sie tauchten auf und verschwanden wie die Figuren eines Spielwerkes oder wie die Apostel auf der Prager Rathausuhr, die der junge Soldat an einem Sonntag bewundert hatte. Ein anderer Vergleich fiel ihm später ein, als er nach der Ablösung in dem rauchgeschwärzten Wachtzimmer auf einer schmutzigen Hobelbank saß: Ebenso ruckweise und unerwartet waren in dem Kasperletheater, das an Festtagen auf dem Marktplatze seines Heimatdorfes aufgeschlagen wurde, die bunten Puppen aufgetaucht und verschwunden.

Als Köhler in der Dämmerung wieder vor dem Schilderhause stand, spähte er zu den Fenstern empor, das Erscheinen einer Beamtenmütze erwartend. Er vermeinte, es müsse nach ihrem Auftauchen auch wieder die raue Stimme ertönen, die in der Heimat die eckigen Gesten der Drahtpuppen begleitet hatte.

Köhler war in Gedanken in der Heimat. Erst beschäftigte er sich damit, die Erlebnisse der letzten Zeit als Nichtsoldat zurückzurufen; dann tauchte Bild auf Bild der Eltern und Geschwister auf und allmählich verschwand das Dunkel der Höfe ganz und er sah auch nicht die flackernden Laternen längs des Drahtzaunes. Johann Köhler verbrachte den Rest der Nacht nicht vor dem Schilderhause der Strafanstalt, sondern in seinem Heimatdorfe. Noch aber war es nur ein Erinnern und wunschloses Zurückschauen, noch war es kein Heimweh, das ihn bewegte.

Oft musste er in seinen Gedanken eine Pause einschalten und mit der Wolle der behandschuhten Hände die erfrierenden Ohren reiben. Auf die wärmende Erinnerung an Heimat, Lampenschein und Sonntagsvergnügen legt sich die eisige Hand der Nacht und zwang ihn, im Laufschritt um das Schilderhaus zu eilen, die Hände in die Manteltaschen zu vergraben und die Beine im Paradeschritt zu schlenkern und niederzustampfen. Dann wieder stand er untätig da, im Kopfe eine ohnmächtige Leere. Und er begann die Sterne zu zählen, ohne damit zu einem Ende zu kommen. Unmutig wünschte er die Stunde der Ablösung herbei. Die Turmuhr grollte in den Hof herunter: Fünf!

Die Kälte wurde unerträglich, endlos die Minuten. Nach einer Stunde löste ein schlecht ausgeruhter Soldat mit hochgeschlagenem Kragen den bebenden, missmutigen und schläfrigen ab.

Als der Posten Johann Köhler am Morgen wieder die Stelle betrat, deren Ausdehnung und Eigenschaften er nächtens auswendig gelernt hatte, bot sich ihm ein nie gesehenes Bild: Die Sträflinge durften eine Stunde lang die unverfälschte Luft der Außenwelt in sich saugen, damit ihre Lungen für weitere dreiundzwanzig Stunden die Luft der kostbaren Atemzüge des Morgens nachahmen könnten.

Die erbärmlich klaffenden Fenster der geheimnisvollen Gebäude stierten auf den Hof hinunter, der vor Köhlers Schilderhäuschen war. Gleich einer Wiesenleiche lag die Fläche des Hofes da, die im Sommer wohl einen Garten vorstellen sollte.

Der Posten stand regungslos, und das Leder des Gewehrriemens schnitt in seine krampfhaft geschlossene Hand ein. Er glaubte noch zu träumen, schlimm zu träumen. Die Sträflinge schritten im Kreise herum. Am Anfang und am Ende der langen Reihe grauer Blusen, Hosen und Mützen stolzierten die Aufseher, warm in Pelze gehüllt, den Säbel umgeschnallt, in leeren Gesprächen.

Ein magerer Greis mit gelbem Gesicht, der als letzter humpelte, war nicht mehr imstande, sich dem Erwärmungstempo der anderen anzupassen. Köhler bemerkte, wie sein Blick ihn, den Posten, mit böser Hast streifte, dann an dem Holzgitter zu rütteln schien und müde, hoffnungslos auf den Fersen seines Vordermannes kleben blieb.

Seltsam, die Schar bestand aus sehr vielen Jünglingen, vielen Greisen und in der Minderheit aus reifen Männern. Nie in seinem Leben hatte sich Köhler einen Verbrecher, einen Sträfling anders vorgestellt, wie als einen starken Mann mit faltiger Stirn, bösem Blick und bleichen Wangen. Hier aber waren Knaben noch, gerötete bartlose Gesichter, Zwanzigjährige, die flott einherschritten und mit hässlichem Lachen auf den Posten deuteten oder – wenn sie sich unbeobachtet fühlten – die Köpfe zusammensteckten. Dann waren Greise hier, weißbärtige wilde Gesichter von lebenslänglich Verurteilten; daneben Gewohnheitsdiebe, alte Männer mit verzerrten, schlauen Mienen, irre flackernden Augen und gestikulierenden Händen. Aber es war noch eine furchtbarste Gruppe da, die einen konzentrischen, bedeutend kürzeren Weg um die Mitte des Hofes zurückzulegen strebte: die Krüppel.

Es dauerte lange, bis der Soldat die Überzeugung gewonnen hatte, dass auch sie lebten und kein grässlicher, taghellér Traumspuk waren. Einer auf Holzbeinen stützte sich auf eines Einäugigen Schulter. Keiner war im Besitze aller für einen auf Flucht sinnenden Verbrecher unentbehrlichen Gliedmaßen. Sie schleppten sich in großen Abständen einher, mancher nach wenigen Schritten haltmachend. Sie waren wie die Schar der Sünden, die über die Erde schwankt. Sie waren eine Widerlegung des Alltagsglaubens der Menschen, dass Verkrüppelung die härteste Strafe sei und willenlos mürbe mache. Gerade unter ihnen befanden sich die Stammgäste des Zuchthauses: Einarmige, deren Linke das nachzuholen gestrebt hatte, was der Rechten zeitlebens verwehrt gewesen, Lahme, die immer wieder nach vollbrachten Diebstählen zu fliehen versuchten.

Hin und wieder ein Jüngling in der Schar der Gesunden, der den Kopf hängen ließ und nicht aufzuschauen wagte. Burschen, die das erste Verbrechen hergebracht hatte, die bleich waren und beim Anblick des bewaffneten Postens zusammenzuckten.

Viele harte Blicke trafen ihn, viele vorwurfsvolle, viele flehende. Ein blasser, dunkelhaariger Bursche zischte ihm zu: »Henkersknecht, Verräter, Feigling du!« Andere rieten ihm höhnisch, achtzugeben, dass sein Gewehr nicht losgehe. –

Das Resultat dieses Erlebnisses war ein furchtbares Gefühl von Trauer und Angst vor dem Leben, das Köhler befiel. Furcht vor dem Leben, welches Menschen, die ihm glichen, denen er glich, zwischen diesen Mauern auf dieser Wiesenleiche hinzuschleichen zwang, nutzlos und überflüssig wie tote Dinge. Seine Gedanken wirbelten durcheinander. Er verwechselte sich mit den Sträflingen, er sah sich in der vergangenen Nacht im grauen Sträflingskleid durch den Hof traben, bewacht von einem frierenden Soldaten, der seine fassungslosen Züge trug. Die Kälte und Mitleidigkeit nach durchwachter Nacht vereinigten sich mit dem Mitleid für diese Verbrecher, mit Furcht vor ihnen, Furcht vor dem Militär, Sehnsucht nach der Heimat und einem mächtigen Drange, die Mauern zu überklettern und hinwegzufliehen von dieser Stätte und aus dieser Stadt ...

Die Aufseher hatten ein Tagesereignis zu besprechen. Einer hielt die Morgenzeitung in Händen und las vor. Sie beachteten die Sträflinge nicht.

Da stimmte eine heisere Stimme ein Lied an. Nach und nach fielen die anderen ein, hohe und tiefe, furchtsame und freche Stimmen.

Der Posten reckte den Hals und lauschte. Nur einzelne Strophen des monotonen Gesanges vernahm er deutlich:

»Sie stießen uns vor das Tor,
Als wir noch ehrlich waren.
Weh, dass mit zwanzig Jahren
Jeder die Freiheit verlor ...

Und schwarze Fenster klaffen
Und blasse Hände zittern.
Wir recken uns wie Affen
Und rütteln an den Gittern ...«

Da ging ein Stöhnen durch die Schar. Die Jüngsten ballten die Hände. Manche wiesen sie drohend dem bleichen Posten Johann Köhler.

»Einst öffnet sich das Tor,
Und mit ergrauten Haaren,
Greise in jungen Jahren
Schleppen wir uns hervor.«

Die Turmuhr schlug neun. Die Aufseher trieben unter drohenden Zurufen die Schar durch feste, beschlagene Türen in die Gebäude hinein. Der Gesang war jäh verstummt.

Der Hof war leer.

Als die Ablösung kam, fand man den Infanteristen Johann Köhler ohnmächtig auf der Erde liegen. Er wurde in das Spital geschafft und nach einigen Tagen als geheilt entlassen. Als er einen Monat später wieder im Strafhause Posten stehen sollte, entfloh er nachts zuvor aus der Kaserne.

Der Saal der Erfüllung

Weit hinter ihm ragten die Bahnhofstürme zum schneeschwangeren Himmel empor. Der Atem des Jünglings, hell wie Zigarettenrauch, mischte sich mit dem warmen Hauch der Vorübergehenden und stieg auf und zerfloss. – Die Gedanken des jungen Mannes hatten ein gleiches Schicksal. Sie verweilten nicht länger in der Kleinstadt, die er verlassen, ungewisse Schlüsse aus Erlebtem, Erlittenem ziehend; Kummer und Zorn schmolzen und wurden bewusste Resignation, die seinen Blick ruhig, nichts erwartend auf den Menschen der Großstadt haften ließ.

Und das Gedränge verdichtete sich, die Straßen wurden weiter und das lebendige, zielbewusste Gehen und Schauen der Vorübergehenden übte seinen Einfluss auf den müden Jüngling aus: Die Lebendigkeit ihrer Mienen floss über auf sein Gesicht, seine Gedanken vermissten das Alleinsein mit sich selber und wurden umschauhaltend, erregt und suchend. Er fühlte eine leise Hoffnungsfreude in sich und richtete sich empor aus seiner scheinbar trübseligen Haltung.

Wohl, jetzt – da die Brücke zur Rückkehr gesunken war – jetzt galt's Wege zu suchen, die ihn alles Durchwanderte vergessen lassen sollten: Die kindlich-folgenschweren Enttäuschungen des Zwanzigjährigen, die einigen winzigen Zurücksetzungen und Beleidigungen, durch die sein weiches Herz stets für Monate zu verhärten und ungerecht zu werden drohte … und die Wünsche, diese umrisslosen Gebilde, diese stolzen Luftschlösser, deren Fackelglanz in der Winterluft der ernsten Straßen zu komisch strahlen würde, um nicht verlöschen zu müssen.

Eine Wohnung suchen. Die Häuser sind hoch, vier Stockwerke und mehr, sehen aber kahl und unwirtlich aus, die missglückten Zieraten sind Auswüchse an bleichen Mauern, die den armen, ausdruckslosen Mienen der Großstadtkinder gleichen. Armselige Baumeister haben hier und da bunte Flecke hingekleckst, über und neben den Fenstern; die Wirkung ist die von schlecht angebrachter Schminke auf gelbsüchtigen Wangen.

Manchmal steht ein kleineres Gebäude, das vertrauensvoll aussieht … Doch ein Balkenkäfig umschließt es, man reißt es nieder, um aus denselben Ziegeln einen Großstadtbau zu errichten. Rotgelbe Laternen leuchten durch die Latten, hilfeheischende Augen sterbender Vergangenheit.

Der junge Mann hält verzweifelt inne … Unschlüssig, misstrauisch betrachtet er die Häuser. Er steht plötzlich auf einem weiten Platze. Die Uhren zweier Türme strahlen aus dem blauen Dunkel, dazwischen ist der Mond. Ein Kaffeehaus ist grell erleuchtet, fröstelnde Herren treten heraus. – Es ist die Woche vor Weihnachten. In dunklen Tonnen schwimmen große müde Karpfen. Rohe Weiber schreien den Passanten Preise entgegen.

Der Jüngling aus der Fremde fühlt sich müde und ruhebedürftig. Kurz entschlossen überquert er den Marktplatz und tritt unter einer blassen Laterne in ein Haus.

Kühle Luft schlägt ihm entgegen. Sie wirkt beruhigend und glättet seine missmutige Stirne. Eine breite Treppe. Aus dem Dunkel glühen zwei rote Kugeln, wie Purpuraugen. Er gewahrt zwei kupferne Sphinxgestalten, die mit großen Rubinenaugen den Aufgang zu bewachen scheinen … Er glaubt, in einen herrschaftlichen Palast geraten zu sein und wendet sich dem Tore zu, entschlossen, sein Glück in dem Nebenhause zu versuchen. Ein heller Klingelton lässt ihn innehalten und in der Hand eines rüstigen Mannes strahlt ihm das Licht einer Lampe entgegen.

Der Mann, mit braunem Vollbart und ruhigen Augen, scheint nicht verwundert und reicht dem Jüngling die Hand.

»Sie suchen Unterkunft. Wohl; Sie sind am rechten Orte, wenn er auch anders aussieht als ein Mietshaus.«

Der sanfte Blick des aufrechten, unstolzen Mannes verwandelt den Missmut des Jünglings in Vertrauen. Er vergisst zu danken und weiß sich nicht zu wundern über das Seltsame, das ihm diese Begegnung bringt.

Sein Führer durchschreitet die Vorhalle und öffnet eine schmale Türe, die er hinter dem Gaste sorgfältig abschließt.

Die Lampe verlöscht. Sie stehen in einem weiten Saale.

Und nun erscheint dem Jüngling alles, was seine leuchtenden Augen erschauen, selbstverständlich, beruhigend selbstverständlich, fast vertraut. Sein Führer ist verschwunden. Er vermisst ihn nicht.

Er durchwandert den Saal. Wunderbares Licht ist über die vielen, vielen Menschen gegossen, die einzeln oder in Gruppen stehn, lustwandeln oder in heimlichen Winkeln ruhn.

Das Licht ist tausendfältig. Über einer Gruppe ist es blendend, gelb wie Julisonnenstrahlen; in den Winkeln zittert es wie Mondschein auf tiefgrünem Rasen, hier ist es dämmergrau, wie aus Schneewolken dringend, dort klar, durchsichtig, von kühlem Winde durchflogen und an anderen Stellen ruhig, satt und selbstverständlich, wie an Sommernachmittagen.

Die Menschen in dem Saale wissen nichts von der Gegenwart ihrer Nachbarn, jede Gruppe fühlt sich ungestört und atmet andere Luft als die andern und ihre Augen schauen ein anderes Licht.

Der Jüngling aber sieht alle und lauscht ihren Reden.

Über ihm sitzen in einer Nische zwei junge Menschen. Ein blasser Jüngling und ein Mädchen. Der Jüngling ist ein reicher Kaufmannssohn, ein vornehmer Herr. Er blickt liebreich das junge Mädchen an. Sie hält vertrauensvoll ihre Hand in der seinen und schaut ihm glücklich in die Augen.

In dem wüsten Treiben der Winternächte sehnen sich Jünglinge aus den Prunksälen der Bälle weit hinweg in stille Nischen, zu einfachen Mädchen im Hauskleide, in hochgeschlossener Bluse und bescheidener Haartracht.

Nun sitzt ein armes Mädchen, ein Kleinbürgerkind, auf weichem Fauteuil dem eleganten Herrn gegenüber und sie plaudern. Und seine Zunge kann sich keiner Zweideutigkeit mehr entsinnen, die sie vor Kurzem wie unter einem Zwange dekolletierten Dämchen im Taumel der Walzermelodie zugezischt hat. Der Mund des Mädchens vergisst die Worte des Missmuts, der Kränkung und der Empörung, die sie in geringer Stube den kahlen Wänden, dem Spiegel und dem Stickrahmen zugerufen. – –

Ein Strandkorb steht auf feinem Sande. Ein junges lahmes Mädchen sitzt zufrieden da. Ihre Blicke umarmen jede Welle, die über die Kieselsteine des Ufers hüpft; die Augen blicken liebreich, unnennbar gefärbt, in die Ferne, mit jenem warmen Leuchten, das ein Mädchen seinem Ideal weihen wollte – wenn es auf Erden erreichbar wäre.

Es sind in den Städten arme lahme Mädchen und Jünglinge, die sich nach der Ferne sehnen, zum Meere, vor das Unendliche, das auch der Gesunde, Aufrechte nicht überwinden kann. – Und die Mädchen haben innige Augen und weiße Wangen, aber die Menschen wollen nur ihre Lahmheit gewahren. Jünglinge humpeln verkrüppelt durch das gefahrvolle Gedränge der Straßen und sehnen sich nach Ruhe und Anerkennung und – Liebe ...

Das lahme Mädchen sitzt in dem Strandkorb. Vor ihr kniet ein junger Mann, lahm. Ihre Blicke sind ein Leuchten. Die Wogen rauschen näher.

Sie sehen einander: jung, aufrecht und schön! –

Die Brandung übertönte die Stimmen, die sprachen: »Wir waren ausgeschlossen, wir sehnten uns einst den Aufrechten entgegen. Nun wir uns fanden, sind wir schön und gesund.«

Mattes Licht kleiner Petroleumlampen ruht auf einem eifrigen glückselig bewegten Gesichte und gleitet still über die gelben Seiten eines Buches. Ein junger Mann liest. Seine Stirn ist der Spiegel, von dem der Beobachter die Handlung des Buches ablesen kann. Die Stirne runzelt sich besorgt: O weh, geliebte Heldin, dein Held wird von Zweifeln verzehrt ... Doch bange nicht, die Stirne glättet sich und ruhigen Schrittes tritt der Held heran, seine Heldin in Empfang zu nehmen. – – –

Oh Jünglinge der großen Stadt, in trübem Lichte der Kontors Zahlen auf Zahlen schreibend, Abschlussstriche ziehend und zu nächtlicher Stunde mit trockener Zunge Zahlen, Zahlen stammelnd:

Ein Buch! Es entrückt Euch dem Fluch des Kontorstaubs, Euer zermürbter Geist erlebt die bewegenden Taten des Romanhelden im Halbtraume mit und lächelnd werdet Ihr erwachen zum Dämmergrau der Arbeitstage – –

Und da steht ein anderer: Lebhafte Teilnahme aus dem geistvollen Antlitz, kluge, bedächtige Worte sagend, die wohlgefällig aufgenommen werden von einem kleinen Kreise junger Menschen. Die Schalheit der Kleinstadt ist vergessen, der Einsame hat Freunde gefunden. Gespräche wiegen sich im herben Dufte eines Herbstabends. Vorbei die Sommerabende der unerfüllten Sehnsucht nach Menschen, nach Worten ... Vorbei die Sommerabende auf dunklen Höhen, hilfesuchende Blicke in die Tiefe gerichtet, im Gewirr der beleuchteten Fenster das eine suchend, dahinter eine Seele wäre, die Mitteilung empfangen und geben möchte – – –

– – Ein schwerer Körper lehnt gegen das Geländer eines Quais. Eisige Novemberluft treibt ihm entgegen.

In den Augen der Einsamen ist der Glanz der Weihnachtskerzen entzündet. Plötzlich; sie ahnt nicht, warum. Die Sehnsucht nach dem Ende ist über die Brüstung gesprungen. Nun dünken dem schweren Körper die kalten Eisenstäbe ein weiches Kissen. Die Stadt flüstert weit, weit hinter ihr: »Ich harre.«

Lächelnd kehrt Eine zurück, in Arbeit und Ehrlichkeit. – – –

»So können Leiden, kann Gram und Sehnsucht Erlösung finden, hienieden noch Erlösung finden«, denkt unser Held.

Der Führer steht wieder vor ihm – der Saal ist verschwunden und die Rubinen der Sphinxaugen bluten – und spricht:

»Nicht jedem wird Erlösung zuteil, und alle Erlösung, die du sähest, war nur eine zeitliche. In einsamen Stunden, wenn die Sehnsucht die Herzen zu sprengen droht, wenn unwürdige Not die Herzen zerfrisst, wenn Kummer in Ungerechtigkeit ausarten will und zu Rachsucht werden – – dann nimmt mein Saal die Sehnsüchtigen, die Gepeinigten, die Verkannten auf – für Augenblicke, die sich zu einem Leben dehnen können.

Sie erwachen an dumpfen Wintermorgen, in Sommerschwüle, in Palästen, Ballsälen und Kontors, auf Reisen und in kahlen Stuben – und nur eine leise Erinnerung an meinen Saal zittert in ihren Gedanken, blass und duftig wie Birnblüten im Frühlingswinde.«

»So bin auch ich bei dir zu Gast gewesen«, jubelte der Jüngling dankbar. »Ja, damals als die Liebe, die achtzehnjährige Liebe in mir war und loderte und sich bäumte unter Zweifelsqualen und ich vor einer grausamen Gewissheit stand und nicht glauben, nicht zurück wollte, damals –«

»Habe ich dich in meinen Saal geführt«, lächelte der ernste Mann. »Oh, an deiner Leidenschaft drohte die Macht meiner Wunder zu versagen. Und du musst mir verzeihen, dass ich dir nicht Erfüllung, sondern nur Erlösung spenden konnte. Du standest geblendet an der Pforte und sahst das Idealbild deiner Träume, die Körperlose, das duftige Märchenbild aus Silbergedanken geformt – – – nackt, nackt vor dir. – Lange bangte mir um dich, um deine Rettung.«

»Und ich bin gerettet worden«, flüsterte der Jüngling, »mein Eigensinn, der sich an ein Phantom gefesselt geglaubt hatte, an das Huldbild einer Unirdischen, er wurde weich und demütig, als sie in ihrer Blöße vor mir stand. Mein Herz wusste: Nun ist sie nur noch die Körperliche, der Zauber deiner Liebe ist hinweggeweht und deine Sehnsucht floh mit ihm.«

»Ja, du bist mein Sorgenkind gewesen.« Der würdige Mann sah den Jüngling liebevoll an. »Durch Träume nur konnte ich dir den Weg weisen, dir und deiner Seele, die zerbrechlich und leicht gekränkt war.«

»Und denen, die ich liebte, hast du beigestanden, du Guter. Jetzt entsinne ich mich: Meine Freundin, die ich verehrte, die Strebende, Suchende, Mutige saß einst in der Dämmerung zweifelnd da und grämte sich, weil sie kein Ziel absehen konnte. Ihre Züge waren schlaff, die Stirne so weiß und die blauen Schläfen schmerzten … Denn ihr Geist kämpfte um das Unmögliche. –

Sie sah kein Vorwärts, kein Zurück und ihre künftigen Tage lauerten öde vor dem Fenster. Da sah sie sich in einem Saale – in deinem Saale, du Gütiger – und sah …: Sie sah sich selbst als Greisin in altem Lehnstuhle, welken Antlitzes, die bleichen Lippen wirre Worte lallend – – – wirre Worte, die die junge Sehnsucht einst gejauchzt hatte … Und sie sah, wie es einst sein wird und dass der Weg der Sehnsucht, der in solchem Alter endet, über die Trümmer ihrer Jugend gehen würde.

Du hast sie ihrer Jugend, du hast ihr ihre Jugend wiedergegeben. Du hast sie vor dem Übermaß der Wünsche gewarnt. Nun lebt sie wie Eine, die eine Sehnsucht trägt, die geheimnisvoll zu genießen, nicht auszuschöpfen ist.«

– Der Mann lächelte zufrieden und sanft.

»Mein Sohn, bald bist du wieder in den Straßen dieser Stadt, in ihrem Lärm und ihrer zuckenden Schönheit, ihrem Hass, ihrer

Gier, ihrem Leide und ihrer – seltenen Liebe. *Dir* wird sich mein Saal nicht mehr öffnen müssen.

Wisse, Eine, der ich die Jugend geschenkt habe, wird einst im Brausen des Großstadtlebens an deiner Seite stehen, deinen Arm berühren und Euere Augen werden sprechen: ›Heil uns, wir haben den Saal des würdigen Mannes erschaut. Wir senken unsere Blicke ineinander und sehen ihn ewig vor uns strahlen ...‹« Das Licht verlöschte. Die Rubinenaugen klebten in der Finsternis. Als der Jüngling auf die Straße trat, leuchteten seine Augen wie der junge Schnee der Straße.

Ausklang

An einem Vormittag im Juni, da Alfred gerade sehr beschäftigt war, meldete ihm der Amtsdiener, dass draußen jemand auf ihn warte. Alfred überlegte einen Augenblick; da ihm aber die Möglichkeit eines wichtigen Besuches ausgeschlossen erschien und er übrigens die Postarbeit schleunigst abzuliefern hatte, so hieß er den Amtsdiener dem Wartenden bestellen, er werde ihm in ein paar Minuten zur Verfügung stehn.

Mit besonnener Hast beendete er die Ausfüllung der vor ihm ausgebreiteten Formulare, während sein Bürovorstand ein nervös-ungeduldiges Räuspern vernehmen ließ. Das reizte Alfred so, dass er, obwohl gar nicht neugierig, den Federstiel hinwarf und geräuschvoll das Zimmer verließ, durch die Nebenräume an gabelfrühstückenden Herren vorbei eilte und schließlich auf dem Korridor vor den Kassenlokalitäten den Besucher wartend zu finden glaubte.

Da er niemanden sah, schickte er sich unmutig zur Umkehr an, als er von der Stiege her seinen Namen rufen hörte. Der Klang verwirrte ihn mit einem Male, er betastete, schon zur Türe schreitend, seinen Kanzleirock und zog die Ärmel über die manschettenfreien Gelenke herab.

In einer Fensternische stand schwach lächelnd eine junge Dame. Die Hand, die nach der Begrüßung weich und warm in seiner Rechten geblieben war, zuckte wie vom inneren Strömen des Blutes. Alfreds großen Blick begleiteten seine befangenen Worte: »Martha! Warum bist du letzthin nicht gekommen? ...« Und unmittelbar darauf, den Vorwurf angesichts ihrer lieblichen Gegenwart in warmen Dank münden lassend: »Es ist so schön von dir, dass du dich endlich zeigst. Hätte ich dir nicht schreiben sollen? Aber du weißt doch – du wolltest dich selbst anmelden.«

Sie hielt seinen Blicken stand, ihre Hände waren nun beide warm in seinen Händen, er hätte, von seliger Gewohnheit einstiger Zeit übermannt, die Gestalt beinah schon an sich gezogen – da kamen Leute über die Treppe herauf. Als sie unter neugierigen Blicken und Geflüster vorüber waren, sagte das Mädchen einfach:

»Alfred, ich komme mich von dir verabschieden: Ich hab' morgen Hochzeit ...«

Er stand erstarrt im bohrenden Gefühl der langgewussten, nie so nah geglaubten Gewissheit da, während sie weitersprach:

»Ich wollte es dir anfangs nicht sagen –«

»Martha, warum erfahre ich's erst heute?!«

»Es ist besser so. Darum bin ich auch damals Sonntag nicht gekommen. Schau, Alfred, es geht ja nicht anders ... Du bist der Erste, dem ich's heute sage. Die Hochzeit wird ganz einfach sein ... Also, Alfred, lass dir's recht gut gehn, und –«

Mit den Augen eines jungen Tieres sah er ihr in die zuckende Miene. Schon fühlte er es gurgelnd in seiner Kehle aufsteigen. Da fiel ihm etwas ein:

»Du, so willst du gehn?! Nein, ich bitte dich – ich hab' nur noch paar Zeilen zu schreiben – kannst du zwei Minuten warten? Ich bin gleich wieder hier und begleite dich!«

Sie lächelte durch einen Flor hindurch und sagte dann: »Es hat ja keinen Sinn, Alfred. Also ich warte, aber unten an der Ecke.«

Noch ein Händedruck, ein Ineinandertauchen der Blicke, und er eilte mit gesenktem Kopf in die Kanzlei zurück, wo der Vorstand ihn aufgebracht empfing:

»Gott im Himmel! Wissen Sie denn nicht, dass die Sache drängt!«

Alfred sah ihn kaum; Zorn und Hass entfuhren ihm wie etwas Fremdes, das er abstreifte, um sich ganz dem Sturm der Gefühle hinzugeben.

»Ich habe einen wichtigen Besuch da. Das Zeug wird ja gleich fertig sein.« Er kritzelte die Zahlen mechanisch hin, während der alte Herr auffuhr:

»Besuch, Privatsachen! Das Geschäft geht vor!«

Da hatte der junge Mann bereits die Arbeit vollendet, warf sie dem Chef auf den Schreibtisch hin, raffte seinen Hut vom Haken und entfernte sich ohne Gruß.

– Trüber Gang, den er so oft in Freudigkeit geschritten. Alles war wie sonst. Martha stand vor dem Konfektionsgeschäft an der Straßenecke und musterte das Schaufenster. Wie stets fühlte sie sein Nahen, und da sie sich umkehrte, durchfuhr es ihn schmerzlich süß.

Anders, weniger heftig und deutlich als er es sich unzählige Male vorgestellt hatte, wurde dieses letzte Gespräch. Alles war unverändert da: die Wärme, die von ihr zu ihm herüberströmte, das selbstverständliche Hinübergleiten seiner Worte, die vorwurfsvoll und fordernd sein sollten, in nachsichtige Zutraulichkeit, in die Zärtlichkeit des Streichelns, das nicht mehr seinen Händen nun ziemte. Er wollte von allem Schlimmen reden, das er in den letzten Wochen durchlebt hatte. Aber als sie nach seinem Ergehen fragte, nickte er gutmütig: »Ganz gut, man lebt halt ...«, um der Bitte, die in ihrem Blicke stand, zu entsprechen. Er sagte sich: Wenn ich sie jetzt frage: »Hast du mich noch lieb? ...«, so wird sie weinen; wenn ich mich beklage, wird sie mich erstaunt ansehn. Sie selbst fühlt sich ja beklagenswert und soll gute Worte hören. Darf ich mehr verlangen, als mich geliebt zu wissen? –

Und er sprach zu ihr mit rührender Unbefangenheit, fragte nach Nebendingen, unterdrückte die Seufzer, die sich in ihm regten, lächelte und schwieg abwechselnd. Vor einer Toreinfahrt blieb Martha stehn und er fühlte, wie nun alles ins Leere zu münden beginne. Sie sagte, und der Klang ihrer Worte war weich, wie er es während des ganzen Weges gewesen war: »Also leb wohl, Alfred ...«

Die Elektrische fuhr klingelnd vorüber, ein Kutscher schrie: »Hüh!«, und viele Menschen erfüllten die Straße. Sonst geschah nichts, das vierstöckige Haus begann nicht zu wanken, nicht stürzte es über sie, keine weiße Flamme schlug aus den Drähten der Elektrischen, selbst die Luft zwischen den Beiden blieb unsichtbar wie immer. Es geschah nichts … Und so lächelte Alfred in halbem Verstehen und nickte. Erst als er wieder die Wärme ihrer Hand fühlte, kam ihm die Bedeutung der noch nicht verklungenen Worte zu Bewusstsein. Er starrte Martha fassungslos an und seine Augen sahen das Haus wanken, lautlos in sich zusammenstürzen und dem Ausblick auf sonnige Bilder Raum geben. In diesen wenigen Sekunden sah er alle ländlichen Wege und alle Dorfwirtshäuser vor sich, sonnige Gegenden und mutige Wanderungen mit Martha ...

Er wollte die lichten Bilder festhalten, nicht wahr wissen, was so ungemäß zwischen ihn und das entschwindende Mädchen sich drängte. Der Anblick ihres halb abgewandten Antlitzes brachte ihn zur Besinnung. Er lächelte halb ohne Glauben, als er ihr beide Hände drückte und sagte: »Also, ich wünsche dir viel Glück, *viel* Glück ...«

Er staunte innerlich über die schmerzende Wärme seiner Worte. Ihr Dankblick betäubte ihn wieder. Noch hörte er sie mit tonloser Heiterkeit sagen: »Ich werde dir bald schreiben. Und du kommst dir unsere Einrichtung ansehen?« Dann entdeckte er, dass ihre Gestalt nicht mehr vor ihm stand, er ging weiter, ohne zu wissen, wohin, kam nach Hause, nahm an Familiengesprächen teil, aß wenig, ging nach der Mahlzeit früher als sonst in sein Büro und erwachte erst aus der Starrheit seiner Gedankenlosigkeit, als er über den Korridor vor den Kassalokalitäten schritt und sich an Marthas Anruf erinnert fühlte.

– An ihrem Hochzeitstage war er kaum erregt und arbeitete den Tag über mit jener geläufigen Interesselosigkeit, wie sie dem Steinklopfer und dem Bürokraten gemeinsam ist. Als er in der Dämmerung ins Kaffeehaus ging, überkam ihn ein starker Ekel vor allem Tun, vor Gesprächen, Plänen und Gedanken an Künftiges. Die Gewohnheit besiegte diese Anwandlung und Alfreds Freunde fanden ihn gutmütig und aufnahmebereit wie sonst. Auf dem Heimweg trennte er sich plötzlich von ihnen, ging durch die noch belebte Stadtparkpromenade und fasste mit beiden Händen die Eisenketten, welche den Zugang zu dem kleinen Teich wehrten, der dunkel dalag, von Schwänen und Wasserpflanzen licht durchschimmert. Alfred erinnerte sich an die erregten Stunden, die er einst vor seiner Maturitätsprüfung hier verbracht hatte. Um zu lernen, war er am frühen Nachmittag in den Park gekommen, hatte sich bald, durch die Gespräche der Spaziergänger und der neben ihm Sitzenden behindert, mit der Lektüre eines Romans über die vorrückende Zeit hinweggetäuscht, um am Abend vor dem Teich auf und ab zu gehen, den Stimmen lauschend, die aus versteckten Laubgängen kamen, den Geräuschen Verliebter auf nahen Bänken, und von den Erlebnissen künftiger Jahre zu träumen.

Heute gab es nichts, was seine Gedanken hätte fesseln können. Er sagte leise vor sich hin: »Ich wünsche dir viel Glück.«

Dann ging er nach Hause und belobte sich innerlich, dass es ihm gelungen war, alle verwirrenden Gedanken von sich zu weisen. Schließlich wäre er ja doch in bittere Unmutsanwandlungen verfallen, die ihn eines geraden Menschen nicht würdig dünkten. Nein, besser als Gemeinplätze zu denken, war es, gedankenlos zur Ruhe zu gehn.

Als er im Bette lag, verlöschte er die Lampe nicht, schlief, von Sichtbarkeiten klar umgeben, bald ein und dachte erwacht an nichts anderes als an das behände Ankleiden der Soldaten in kühlen Mannschaftszimmern. In zwei Minuten war er so weit, dass er ihre Geschwindigkeit nicht zu beneiden hatte, frühstückte unverzüglich und begab sich ins Büro.

Wenn man fünfundzwanzig Jahre alt ist und bereits auf einige Verwirrungen des Gefühls zurückblicken kann, ist man geneigt, an der unbedingten Neuartigkeit der Erlebnisse zu zweifeln. So glaubte Alfred in seiner gegenwärtigen Lage, in der sich wohl nicht zu viele Männer seines Alters jemals befunden haben mögen, nichts durchaus Fremdes zu erblicken; vielmehr erinnerte er sich des allmählichen Vergleitens seiner ersten Liebe, das allerdings durch andere Umstände bedingt gewesen war, und machte sich mit dem Gedanken vertraut, eine Wiederholung jener Zeit erleben zu müssen. Er nahm sich vor, diesmal klüger zu sein, nicht durch Vermeidung anregenden Verkehrs den Übergang langwieriger zu gestalten, und vor allem das Gedenken an die Geliebte – »Frau Martha«, fiel ihm ein – möglichst einzuschränken.

Anfangs schien alles nach Wunsch zu gehn. Alfred verbrachte die Abende selten allein, er ging mit seinen Bekannten ins Theater, saß nachher lange im Café und schlief sodann leidlich. Oder man fuhr am Abend vor die Stadt hinaus, um in irgendeiner Gartenrestauration, oftmals bei Musik, zu nachtmahlen.

Die Straßen der Stadt leerten sich allmählich, denn die sommerliche Wärme hatte alle, die es sich leisten konnten, die Abreise in die Sommerfrische zu beschleunigen gemahnt. Dieser und jener von Alfreds nähern Bekannten fuhr fort und bald stand der Zurückbleibende vor der Frage: »Was werde ich morgen Abend tun?«

Da er in seinem Verkehr stets einigermaßen wählerisch gewesen war, ohne sich jedoch warm jemandem anzuschließen, so brachte er es auch jetzt nicht zuwege, mit beliebigen jungen Leuten inhaltslose Stunden zu verbringen. Lieber bestrebte er sich, aus der notgedrungenen Einsamkeit eine Tugend zu machen. Er unternahm größere Spaziergänge, er setzte sich in die Anlagen am Flussufer und las oder sah dem Treiben auf der Schwimmschule gegenüber zu, er ging ins Theater und ließ die landläufigen Possen und Operetten über sich ergehn.

So war eine Woche verflossen, als sich seiner plötzlich eine bittere Niedergeschlagenheit bemächtigte. Deutlich empfand er, was sich nun kaum mehr unterdrücken ließ: dass jeder seiner Schritte ihn an Martha und an gemeinsame Erlebnisse erinnerte. Irgendetwas trieb ihn z.B. vor einem Schaukasten mit Fotografien stehen zu bleiben. Auf einmal erkannte er eins der Bilder, er blickte um sich, und die Straßenecke war ihm vertraut wie seine Taschenuhr. Wie oft hatte er das Mädchen hier erwartet ... Oder er geriet in der Altstadt in ein schmales Durchhaus, das minutenlang an Gartenmauern entlang führte: Hier waren sie zum ersten Male eingehängt gegangen. – Er betrachtete, an das Geländer des Quais gelehnt, die Reflexe der untergehenden Sonne auf dem Wasser und da erschien ihm der Fluss auf einmal mit einer Eisdecke bedeckt, er vermeinte den eigenen Atem bläulich ausströmen zu sehen und neben sich die warme Nähe einer eingehüllten Gestalt zu spüren. Firmatafeln in Vorstadtgassen riefen ihm die Vergangenheit zurück, Parkwächter, Blumenmädchen und Marktweiber taten ein Gleiches, bald musste er den Kampf aufgeben und sich gestehn, dass Marthas Allgegenwart von der ganzen Stadt Besitz ergriffen hatte.

Er erlebte hundertfach die guten Zeiten des vergangenen Jahres wieder, und je widerstrebender er sich seinen Erinnerungen hingab, umso schmerzlichere Deutlichkeit gewannen sie.

Er begann alle Orte zu meiden, die ihn hätten erinnern können. Er ging nicht auf die Schwimmschule, um nicht an jene Ruderfahrten an lauen Abenden denken zu müssen. Bald war er so weit, dass er alle seine Wege in der Straßenbahn zurücklegte. Doch auch hier ließ ihn der Anblick der Nummer von Wagen jener Strecke, die in Marthas Straße führte, schmerzlich erschauern. Er beschränkte sich allmählich auf die notwendigsten Gänge, fuhr aus dem Büro direkt nach Hause, wo er auch die Abende verbrachte. Eine Apathie hatte sich seiner bemächtigt, die ihn dahindämmern ließ wie einen Kranken. Ohne Esslust verzehrte er sein Nachtmahl und ging zeitig schlafen, um im heißen Sonnenschein mit dumpfem Kopf und trägen Beinen, die sich in den Knien kaum biegen wollten, zu erwachen. Seine Kleidung vernachlässigte er. Oft trug er wochenlang dieselbe dunkle Krawatte, da die seidnen bunten ihn an Martha erinnerten.

Einmal fiel ihm ein, dass er nicht einmal wusste, ob sich die Geliebte noch in der Stadt befinde. Von da ab befielen ihn Sinnestäuschungen, die ihn zusammenzucken ließen, wenn er von Weitem eine weibliche Gestalt erblickte, deren Gang ihn an Martha gemahnte. Er sah am Ende einer Straße einen blauen Strohhut auftauchen und fühlte sich magisch der Trägerin nachgetrieben. Er sprang in eilende Waggons der Straßenbahn, wo er Martha zu erblicken vermeint hatte. Beim Raseur zog er sich einen tiefen Schnitt zu, als er einmal plötzlich aufsprang, weil das Spiegelbild einer in den Frisiersalon eintretenden Dame ihn in Erregung versetzt hatte. Er mied Menschen, von denen Martha, wenn sie mit ihm ging, gegrüßt worden war; und er eilte ihnen in plötzlichem Entschlusse nach, um zu sehn, wohin sie ihre Schritte lenkten.

Nun wich er nicht mehr jenen Stellen aus, die kraft der Erinnerung seine Sehnsucht schürten. Um seine Gefühle zu versammeln, suchte er nacheinander alle Stätten auf, die einst sein stetes

Wohlempfinden in sich geschlossen hatten. Da er vor Überwallungen geschützt sein wollte, tat er es nie allein, sondern schwärmte den wenigen Bekannten, die er flüchtig traf, so eindringlich über die Schönheiten des Kinos und des Panoramas vor, dass sie ihm neugierig Gesellschaft leisteten. Er saß mit Mädchen, die ihm gleichgültig waren, auf Drehsesselchen vor den Gucklöchern des Panoramas und seine Sachkenntnisse belustigten die Begleiterin manchmal so, dass sie erklärte, sich selten so nett unterhalten zu haben. Ihm handelte es sich nur darum, nicht allein zu sein. Allein hätte er die Messingeinfassung der Öffnungen geküsst und sich dabei die Nähe der Geliebten schmerzlich vorgezaubert. Jetzt sog er nur die Atmosphäre in sich ein und begnügte sich mit halben Erinnerungen, die ihn jedoch manchmal so stark befielen, dass seine Hand unwillkürlich die Finger seiner Nachbarin zu streicheln begann ...

Als der Herbst kam, wurde Alfred ruhiger. Und die Zeit verging, die Tage wurden kürzer, es regnete und manchmal fiel Schnee und die Straßen waren abwechselnd feucht und trocken, schmutzig und weiß. Alfred begann sich den Vorschriften des Lebens in der Gesellschaft anzupassen, er mied die Einsamkeit und war überall zu sehen, wo es gescheite Menschen und schöne Mädchen gab. Er lebte sein Leben weiter, hatte mancherlei Zwischenfälle zu bestehen, liebte und wurde geliebt, ward gehasst, bewundert oder geschätzt, brachte es in seinem Beruf recht weit und genoss, als stattlicher alter Herr, noch viele Jahre der wohlverdienten Ruhe.

Er lebte sein Leben zuende. Niemals aber hatte er ein Erlebnis zuende gelebt, niemals, auch nicht in dem Erlebnis mit Martha, es bis auf den Grund ausgeschöpft; er hatte es ausklingen lassen, matt und wehmutsvoll, aber ohne innere Erstarkung. Er war ein junger Mann unserer Zeit gewesen, bereit zu leben, aber unfähig, ein Erlebnis ausreifen, es wirklich werden zu lassen.

Er war eine unschöpferische Natur. Die Woge des Erlebens hatte ihn für eine Weile emporgeschnellt und wieder ins allgemeine Nichts stürzen lassen.